Michelle Lebeda
Ich **Lebeda**
– nur ohne das Ich

Michelle Lebeda

Ich
Lebeda
- nur ohne das Ich

Eine kleine Einleitung zum Buch:

Dies ist die wahre Geschichte einer jungen Frau, die sich in Form einer Maturaarbeit vertieft mit seinem Vaterland, seiner Kultur und Politik und der Frage, warum seine Familie aus der damaligen Tschechoslowakei geflohen ist, auseinandersetzte.

In dieser Geschichte sind zudem originale Auszüge der aufgeschriebenen Lebensgeschichte ihrer Grossmutter vorhanden, die durch Anführungs- und Schlusszeichen sowie kursiver Schrift differenzierbar gemacht wurden. Die Zitate sind nicht verändert und können somit einige grammatikalische Fehler aufweisen.

Zu diesem Text existiert ein historischer Begleittext, ebenfalls von Michelle Lebeda verfasst, der die damalige politische Situation der Tschechoslowakei, das Ende des Prager Frühlings und die Reaktion der Schweiz auf die Ereignisse aufzeigt.

2. Auflage 2018

Herstellung und Verlag
BoD – Books on Demand

ISBN 9 783748 137436

Teil I
Das literarische Schreiben

Für Oma

Lebeda

„Und wie lautet ihr Name?"

„Lebeda"

„Wie?"

„Lebeda. L-e-b-e-d-a". Ich verdrehe meine Augen und bin im selben Moment froh, dass die reizend klingende Dame nicht in der Lage ist, durch das Telefon zu schauen.

„Ah", klingt es erstaunt durch den Hörer, „dies ist ja ganz leicht", antwortet die Stimme entzückt.

„Ja, genau", erwidere ich, „Ganz leicht. Wie „Ich lebe da", nur halt ohne das Ich."

Sie lacht.

„Gut, Frau Lebeda", es scheint, als wolle sie meinen Namen noch einmal richtig auskosten, so betont langsam, wie sie ihn in die Sprechmuschel hinein spricht,

„Nun brauche ich nur noch Ihre Adresse."...

Ich bin es gewohnt, meinen Namen repetieren und buchstabieren zu müssen und habe aufgehört mich darüber aufzuregen. Viel mehr erfüllt es mich mit stolz, keinen todlangweiligen und häufigen Namen wie Müller oder Meier zu haben. Ich bin stets bereit, meinen Namen noch einmal zu wiederholen, sobald jemand danach fragt. Bei falschem Aussprechen auch gerne ein zweites oder drittes Mal.

Der Name Lebeda erweckt in Vielen eine Neugier und sie fragen, woher der Name stammt, da sie ihn noch nie gehört haben. In der ganzen Schweiz kann man die Familien Lebeda an einer Hand abzählen und ein grosser Teil der „Lebedas" gehört denn auch zur Familie meines Vaters.

Mit viel Geduld erkläre ich den fragenden Gesichtern jeweils, dass dies ein tschechischer Name sei, und dass die väterliche Seite meiner Familie aus Tschechien stammt. Nach meinen Erklärungen sehen die

Gesichter dann nicht mehr fragend, sondern befriedigt und zufrieden aus, und ich bin froh, jemandem eine Frage in seinem Kopf beantwortet haben zu können. Weitere Fragen kommen meistens nicht mehr und auch ich habe mir selber nie weitere Fragen gestellt.
Bis jetzt.

Jeder und jede durchlebt einmal die eher wilderen Jahre der Adoleszenz und somit eine der wichtigsten Entwicklungsphasen des menschlichen Wesens. Ich muss sagen, dass ich noch mittendrin stecke mit meinen achtzehn Jahren und sehe so schnell auch noch kein Ende dieser Entwicklungsphase, obwohl ich die Anfangsjahre schon hinter mir habe.
In dieser Zeit sind ja bekanntlich die Gedanken überall, nur nicht dort, wo sie sein sollten und zwar in der Schule oder am Arbeitsplatz.
Als junger Teenager beginnt man, sich über sich selbst Gedanken zu machen, Fragen zu stellen, seinen Platz auf dieser Welt zu suchen, und während einige ihn ziemlich rasch und ohne Probleme finden, irren andere noch ihr ganzes Leben umher, auf der Suche nach ihrem eigenen Sinn des Lebens.
Dazu kommt diese verflixte Liebe mit ihren doofen Schmetterlingen und gebrochenen Herzen, das erste „Verliebtsein", das Interesse am anderen Geschlecht und somit sind alle Gedanken, Gefühle und Emotionen sowieso komplett überfordert.
Ja, auch da stecke ich noch mitten drin, aber um das geht es im Moment eigentlich gar nicht, merke ich gerade. Über dieses Liebesding könnte ich auch noch ganz viel schreiben, aber das wäre definitiv eine andere Geschichte.
Wie schon gesagt, befasst man sich als junge, erwachsen werdende Person immer mehr mit der Frage, woher man eigentlich kommt, was man im Leben erreichen möchte, welche Ziele man sich setzen will und wo sein Platz in der Gesellschaft am Ende ist.
Nebst all dem anderen wirren Zeug, welches im Moment in meinem Kopf herumschwirrt, habe auch ich mich immer mehr gefragt, woher ich überhaupt stamme. Woher kommen meine Eltern, wie sind sie

wohl früher gewesen und was genau haben sie mir auf meinen eigenen Lebensweg mitgegeben? Was hat mich durch sie geprägt? Waren sie auch manchmal so mühsam wie ich in dieser Zeit? Wie sah ihre erste Liebesbeziehung aus? Waren sie gut in der Schule? Waren sie im Allgemeinen artige Kinder?

Natürlich ist es bei solchen Fragen unvermeidlich, sich Gedanken zur eigenen Familiengeschichte zu machen und sich mit seinen Wurzeln auseinanderzusetzen. Unsere Familie hat da eine, ich finde man kann dies schon so sagen, speziellere Vergangenheit, denn mein Vater stammt nicht aus der Schweiz, sondern aus Tschechien.

Ich war immer sehr stolz darauf, zu fünfzig Prozent Tschechin zu sein. Ich fand, dass es mich aufregender machte. Jedoch war alles, was ich lange Zeit wusste, dass meine Familie nicht als normale Auswanderer, die ein neues Abenteuer in ihrem Leben suchten, sondern als Flüchtlinge in die Schweiz gekommen ist. Genaueres erfuhr ich erst, als ich anfing, Fragen zu stellen. In erster Linie waren es Fragen zur Flucht. Ich meine, es ist schon aufregend, wenn der eigene Vater ein Flüchtlingskind ist, und darüber wollte ich mehr erfahren. Von ihm selbst jedoch war nie viel herauszubekommen. Er war damals noch ziemlich klein und erinnert sich nicht mehr so gut an all die Ereignisse vor und während der Flucht. Vielleicht mochte er sich auch einfach nicht genau erinnern, oder er wollte es mir nicht erzählen. Dies war mir jedoch egal, denn ich hatte ja meine Oma, die ich fragen konnte und die sich kein zweites Mal darum bitten liess, Geschichten zu erzählen. Ich liebte es, ihr dabei zuzuhören und konnte nicht genug kriegen, wenn sie von ihren Abenteuern erzählte.

Dass die Ganze Sache viel tiefer ging und mich viel mehr berührte als am Anfang geglaubt, wusste ich zu diesem Zeitpunkt noch nicht.

***

Mit der Zeit machte ich mir mehr und mehr Gedanken zu meiner Familie, auch, als ich von anderen Schicksalen von Freunden erfuhr, die auch nur zur Hälfte Schweizer oder Schweizerin sind. Wenn meine

Freunde bei mir anfingen genauer nachzuhaken und sich nicht einfach nur mit der Standartandwort auf ihre Fragen zu meiner Vergangenheit zufrieden gaben, merkte ich, dass ich mit meinem Wissen bald an den Anschlag kam. So viel wusste ich gar nicht über meine Familie.

Immer mehr kam in mir daher der Wunsch auf, weiter zu forschen, tiefer zu graben und mehr heraus zu finden, und mich nicht mit dem zufrieden zu geben, was ich bereits wusste.

Ich begann, im Internet zu recherchieren, bei Berichten und Nachrichten über die tschechische Republik besonders genau hinzuhören, spitzte meine Ohren bei Gesprächen meiner Familie über frühere Zeiten und saugte alles in mir auf, was ich an Informationen bekommen konnte.

Ich hätte nie gedacht, dass mich all das so sehr auch selbst berühren und mitreissen würde, denn je mehr ich erfuhr, desto näher gingen mir die Geschichten und umso mehr fühlte ich mich mit meiner Oma und ihrem Schicksal auch verbunden.

Oft konnte ich all die Ereignisse gar nicht einordnen, weil es sich einfach so unglaublich anhörte, als wäre alles nur erfunden und als Roman niedergeschrieben worden. Doch dies ist bei weitem nicht so und ich bin wahnsinnig stolz und froh, ein Teil dieser Geschichte zu sein und noch viel froher bin ich, dass ich mich auf die Suche nach dieser Geschichte, nach dieser Vergangenheit und meinen Wurzeln begeben habe und somit mein Leben um ganz viele Erinnerungen, Gefühle, Emotionen und Erfahrungen bereichert habe.

Dies ist nun die Geschichte einer jungen Frau, welche sich auf die Suche nach ihrer Vergangenheit gemacht hat und dabei auf viel mehr gestossen ist, als sie zu Beginn je geahnt hätte.

Gelegenheit macht Diebe

Es war Ostern. Das ganze Wochenende wechselten sich Regen, Sturmwind und die Sonne im gegenseitigen Kampf ab und bescherten uns so richtiges Oster- und Aprilwetter. Wie konnte es anders sein. An Ostern regnete es doch eigentlich immer.

Für Ostermontag hat meine Mutter unsere Grosseltern, also ihre Eltern, und Tante und Onkel eingeladen. Tante Zora ist Papas Schwester, die zwei Jahre älter ist als ihr jüngerer Bruder. Meine Grosseltern verstehen sich prächtig mit Zora und Alex und es braucht nie viel Aufwand, das Gespräch am Laufen zu halten, denn sie selbst haben sich stets unglaublich viel zu erzählen.

Meine Mutter wollte einen Brunch für unsere Gäste organisieren. Dabei sollten meine jüngere Schwester Janine und ich helfen, damit es ein grosses Angebot an leckerem Essen für alle gibt. Ich liebe es, wenn wir etwas „Grosses" auf die Beine stellen, denn meine Mama ist eine fabelhafte Bäckerin und Köchin und so wurde sie natürlich noch zusätzlich gepusht von mir. Natürlich nur ein wenig, versteht sich.

So ähnlich läuft dies auch jedes Jahr mit unseren Weihnachtsplätzchen ab. Ich kenne das Backpotential meiner Mutter nur zu gut und weiss, was alles in ihren kreativen Händen steckt. Es ist egal, ob die Kekse zum Schluss auch alle gegessen werden oder nicht, es müssen einfach ganz viele, in verschiedenen Sorten sein.

Dieses Jahr erstellten wir eine Liste, welche Sorten wir gerne gebacken haben wollten und kamen dabei auf dreizehn Stück. Mama erwähnte, dass es ziemlich unmöglich sein wird, alle Sorten zu backen, da sie auch noch viel arbeiten und Sonstiges erledigen musste. Wir waren damit einverstanden, dass wir mit den Favoriten beginnen würden und dann sähen, wie weit wir kämen.

Ich erinnere mich, dass sie mir an einem Abend eine Nachricht schrieb, sie hätte an diesem Donnerstag die ersten drei Sorten gebacken. Am Freitag waren es bereits sechs Sorten und man kann sich ja denken, wie es weiterging. Am Ende hatten wir dreizehn Sorten Kekse zu Hause, die alle fein säuberlich in Keksdosen verpackt im Keller standen und darauf warteten, in die Wohnung geholt zu werden. Es war herrlich! Die Auswahl ging von „Mailänderli" über „Spitzbuben", „Kaffeekeksen", „Kokosmakronen", „Chocolate Cookies" zu „Vanillekipferln", Orangenschnitten und weiteren. Ich weiss ja nicht, womit andere Leute so prahlen, aber ich genoss den Ruhm, mit dreizehn Kekssorten angeben zu können. Natürlich wurden viele verschenkt, da wir es sonst nie geschafft hätten, alle zu essen. Ausser Paps sind wir nämlich gar nicht so grosse Keksesser. Nur er ist in der Lage, eine ganze Dose vor dem Fernseher zu leeren. Jaja, die Masche des Fernsehers kennen wir alle... und plötzlich war die grosse Chips Packung leer.

Ich bin abgeschweift.

Genau, es war Ostermontag und wir, also vor allem ich, wollten zeigen, was Familie Lebeda essenstechnisch so alles drauf hat.
Mama und meine Schwester werkten in der Küche. Ich war für die Dekoration auf dem Tisch, das Anrichten der Essensplatten und die Ordnung in der Wohnung zuständig. Es sah wunderbar aus. Auf dem Esstisch waren acht Gedecke mit passenden Tischsets und Servietten angerichtet. Jedes Gedeck wurde mit einem kleinen Schokohasen als Geschenk für den Gast „abgerundet". In der Mitte des Tisches waren zwei Osternester mit selbst gefärbten, gekochten Eiern platziert. Darum herum standen die Konfitüren und Honiggläser, jedes mit einem Teelöffel versehen.
Auf einem kleineren Tischchen war das restliche Essen angerichtet. Eine prallgefüllte Fleischplatte war am Kopf des Tisches zu finden. Daneben sorgte die Käseplatte für starke Konkurrenz. Am anderen Ende zog ein selbstgemachtes Müsli den Blick auf sich und in der Mitte glänzten ein frisch gebackener Zopf, kleine Brötchen und Croissants. Zwischen den Platten mischten kleine Teller mit frischen Früchten die Tafel auf und natürlich gab es überall reichlich Schokolade und später zum Kaffee einen selbstgemachten Früchtekuchen.

Ich war unglaublich stolz auf unser Werk und auch Mama gefiel das Resultat unseres Tuns. Dies war ein gutes Zeichen, denn so konnte man sie mühelos für ein weiteres Mal motivieren.

Auch unseren Gästen gefiel, was sie beim Eintreffen zu Gesicht bekamen.

Als wir uns alle gegenseitig begrüsst hatten und Tisch und Anrichte bewundert worden sind, setzten sich alle an ihren Platz und begannen reichlich zu essen, zu trinken und zu schwatzen.

Ich beteiligte mich abwechslungsweise an diesem und jenem Gespräch. Die beiden Männer, Paps war an diesem Tag leider nicht anwesend, also waren es nur Onkel und Grossvater, die die Männerseite vertraten, diskutierten zu Beginn natürlich vor allem über Traktoren und deren Motoren, während die Frauen ihren typischen Frauengesprächen folgten.

Ich beteiligte mich mal hier, mal dort, holte zwischendurch eine weitere Portion zu essen, manchmal schweiften meine Gedanken auch ganz woanders hin ab.

Plötzlich wurde ich jedoch hellhörig, da das Tischgespräch eine bestimmte Richtung eingeschlagen hatte. Mein Grossvater war gerade dabei über die Reise nach Tschechien zu erzählen, die er und Grossmutter früher einmal unternommen hatten.

Das Thema Tschechien war der Grund, warum ich auf einmal wie gebannt da sass und zuhören musste. Mein Körper richtete sich automatisch auf und ich versuchte angestrengt, mir alle eben gehörten Informationen zu merken.

Seit geraumer Zeit lassen mich Fragen, die meine ausländischen Wurzeln betreffen und nun vermehrt aufgetaucht sind, einfach nicht mehr los. Was war damals alles geschehen? Wie kamen sie hierher und warum genau kamen sie überhaupt?

Ich möchte Antworten finden, mich mit meiner Familiengeschichte befassen und die auftauchenden Fragen nicht mehr einfach unbeantwortet lassen. Schliesslich geht es dabei um die Vergangenheit meiner

Familie und somit auch um mich. Vielleicht erfuhr ich hier nun einige Dinge, die mir ein paar der Fragen beantworten könnten.

Während Grossvater erzählte, gestikulierte er mit seinen Händen, schaute uns abwechselnd in die Augen und ich konnte in seinem Blick ein Funkeln von Abenteuerlust und Aufregung erkennen.
Mein Blick schweifte weiter zu Tante Zora. Ihre Augen hingegen wirkten betrübt und keineswegs so aufgeweckt wie die von Grossvater. Immer wieder nickte sie mit dem Kopf, anscheinend wusste sie genau, wovon er sprach.
Grossvater erzählte von Erlebnissen mit Einheimischen, von ihrem damaligen Wohlstand und wie gross der Unterschied zu ihnen, den Touristen aus der Schweiz damals war.
„Als wir in einer Herberge übernachten wollten und unser Auto draussen parkten, wurde uns geraten, es zu verstecken, da es nicht garantiert war, dass man es am nächsten Tag wieder antreffen würde. Also versteckten wir unser Auto stets im Hinterhof, damit wir am nächsten Tag auch weiterfahren konnten."
Grossmutter stimmte Grossvaters Worten mit einem Nicken zu. Sie mochte sich noch ganz genau an die Reise erinnern. Auch Zora nickte mit ihrem Kopf und alle am Tisch machten den Eindruck als würden sie vollkommen nachvollziehen können, warum das Auto nun versteckt werden musste.
Ich hatte es jedoch nicht wirklich begriffen und es brauchte nur eine Millisekunde, bis ich mich dazu entschied, meinen Stolz, falls man dies überhaupt so nennen kann, abzulegen und wie die Dumme in die Runde zu fragen:
„Aber warum musste man denn die Autos verstecken? Also..."
„Sie waren ein teures und edles Gut, das die Tschechen damals einfach nicht besassen", antwortete mir Tante Zora.
„Sie hatten damals nichts, einfach gar nichts und jeder Tourist war ein reicher Mann, der Geld besass, das man ihm leicht abnehmen konnte."

Ich nickte erstaunt. Beim besten Willen konnte ich mir nicht vorstellen, dass man damals in Tschechien als Tourist sich so um sein Hab und Gut fürchten musste.

„Als wir erwachsen und schon lange in der Schweiz waren, entschieden Richard und ich uns, für einmal als richtige Touristen in unser Vaterland zu fahren", begann Zora wieder und meine Aufmerksamkeit galt sofort wieder nur ihr, da nun zusätzlich mein Vater ins Spiel kam.

„Wir wollten für einmal weder Familie noch Bekannte sehen, sondern uns nur auf die Schönheit des Landes fokussieren. So sassen wir eines Mittags in einem Restaurant, warteten auf den Kellner und plauderten ein wenig miteinander. Wir sprachen tschechisch, da es toll war, wieder einmal die Muttersprache zu gebrauchen. Der Kellner kam und wir wollten bestellen, als er uns mitteilte, dass dies kein Restaurant für Einheimische sei und sie ausschliesslich ausländische Gäste bedienten. Richard und ich trauten unseren Ohren kaum und beschlossen nun auf schweizerdeutsch, dass wir ihn eiskalt stehen lassen würden und was für eine Frechheit es war, dem eigenen Volk die Tür einfach vor der Nase zuzuschlagen. Der Kellner entschuldigte sich natürlich sofort für sein unfreundliches Verhalten, als er merkte, dass wir gar keine Einheimischen waren und sprach nun mit wärmster Stimme davon, die Schweizer Gäste natürlich sofort zu bedienen. Für uns war der Zug jedoch bereits längst abgefahren. Wir verliessen das Restaurant und waren fest entschlossen, unser gutes Schweizer Geld nur in einem gesellschaftsfreundlichen Gasthof auszugeben."

Unfassbar. Wie konnte die Lage im eigenen Land nur so prekär sein, dass man sich so abweisend gegenüber seinen Landesbrüdern und - schwestern benehmen konnte, um einigermassen über die Runden zu kommen? War die Lage in der Tschechei wirklich so anders als bei uns? Wer hatte für so etwas überhaupt gesorgt und warum tat man nichts dagegen? Weitere Fragen, welche sich nun in meinem Kopf ansammelten und mich in eine beinahe hoffnungslose und auch ein wenig betrübte Stimmung versetzten.

Ich war froh, dass Grossvater gleich wieder zu reden begann und das Gespräch in eine andere Richtung abdriftete. Er sprach davon, wie gross die landwirtschaftlichen Flächen in Tschechien waren und sofort stimmte Alex mit ein und gemeinsam schwärmten sie von Äckern und Wäldern, soweit das Auge reichte.

Ich war mit meinen Gedanken immer noch bei Zoras Geschichte. Ich versuchte mir vorzustellen, wie ich selbst aus einem Restaurant in der Schweiz ausgewiesen werden würde, nur weil ich aus demselben Land stammte, die gleiche Sprache sprach und somit die gleichen finanziellen Probleme hatte. Dieser Gedanke war total pervers und beschäftigte mich auch noch Tage danach.

An diesem Ostermontag liessen wir das Thema Tschechien dann jedoch bleiben und sprachen noch über viele weitere Dinge, genossen Kaffee und Dessert, bevor sich unsere Gäste dann, angesichts der bereits fortgeschrittenen Zeit, langsam auf den Heimweg machten.

Es war ein wirklich toller Tag und ich hatte es sehr genossen, wieder einmal einen Teil meiner Verwandtschaft zu sehen.

An einem Abend packte ich die Gelegenheit jedoch beim Schopf und sprach Papa auf die Geschichte, die Zora am Brunch erzählt hatte, an. Sie liess mich einfach nicht los und ich musste einfach noch mehr darüber erfahren. Sein Blick ging in die Ferne, als er sich an damals erinnerte:

„Bevor ich die Reise mit Zora unternahm, war ich schon einige Male wieder in der Tschechei, jedoch immer bei Verwandten zu Besuch, da meine Schwester den Schweizer Pass noch nicht besass."

„Den Schweizer Pass?", unterbrach ich ihn, „durfte sie somit noch nicht wieder nach Tschechien reisen?"

„Ja, genau, ihr war es noch nicht erlaubt, zurückzukehren. Auf jeden Fall wurden bei mir auch immer die Wagen versteckt."

Dies war die Gelegenheit, noch einmal genauer wegen der Geschichte mit den Diebstählen nachzufragen, denn ich konnte mir noch immer nicht vorstellen, dass die Tschechen so ein diebisches Volk waren. Daher hakte ich nach:

„Warum genau wurden denn die Autos versteckt? Es war, weil sie geklaut wurden, nicht wahr?"

„Ja, es wurde geklaut", Papa nickte, „das tschechische Volk ist nicht diebisch, überhaupt nicht, aber zu dieser Zeit waren so viele Dinge einfach nicht erhältlich. Ein Mann, der unbedingt einen neuen Scheibenwischer brauchte und ihn einfach nicht kriegen konnte, sah in einem Touristenauto die Gelegenheit, sich den Wischer zu besorgen."

Ich sah ihn mit grossen Augen an, nickte und hoffte inständig, dass nun noch weitere Details folgen würden. Dies war alles so unglaublich spannend.

Er selbst zuckte die Achseln: „Gelegenheit macht Diebe."

Damit beendete er das Gespräch, drehte sich um und widmete sich wieder seiner angefangenen Arbeit.

An diesem Abend bekam ich keine weiteren Informationen mehr. Dies machte mir jedoch keineswegs etwas aus, da ich zusätzlich angespornt war, mich nun aktiv auf Quellensuche zu begeben und möglichst Vieles und mir noch Unbekanntes zu damals in Erfahrung zu bringen.

Mein Gehör spezialisierte ich regelrecht darauf, bei Gesprächen über die damalige Tschechoslowakei hellhörig zu werden, und ich traute mich mehr und mehr Fragen zu stellen und bei Verständnisproblemen nachzuhaken.

Natürlich war meine erste Anlaufstelle bezüglich der Informationsbeschaffung meine Oma. Sie konnte ich alles fragen, denn sie wusste zum einen noch alles von damals und zum anderen bereitete es ihr grosse Freude, dass sich ihre Enkelin für ihre Vergangenheit interessierte. Sie erzählte mir gerne ihre Geschichten. Schon als ich noch jung war, hatte sie Janine und mir viele Geschichten von früheren Zeiten erzählt. Für uns waren es jedoch einfach Geschichten, die sich lustig und aufregend anhörten, uns jedoch keines Falls wirklich berührten. Wir waren damals auch einfach noch zu jung, um das alles wirklich zu begreifen.

Auch zu Beginn meiner aktiven Suche nach Informationen bezüglich meinen Wurzeln war ich noch nicht in der Lage, den Ernst der Situation wirklich zu realisieren und die Erkenntnis traf mich wie ein Schlag, als ich registrierte, wie die einst als banal und oberflächlich begonnene Recherchearbeit in etwas viel Tieferes hineinging.

Doch erst einmal der Reihe nach.

Das Ganze ins Rollen gebracht hatte ein Word Dokument, das ich eines Abends auf dem Schreibtisch meines Laptops öffnete. Mein Vater hatte mir den Tipp gegeben, ich sollte Oma nach ihrer Art Tagebuch fragen, das sie einst geschrieben hatte, denn dort würde einiges zur Flucht drinstehen, für die ich mich doch so sehr interessierte.

Gesagt, getan. Oma schickte mir das Dokument per Mail und ich stellte mich auf einige spannende Tagebucheinträge ihrer Flucht in die Schweiz ein.

Von einem einfachen Tagebuch zur Flucht konnte jedoch ganz und gar nicht die Rede sein, als ich die Geschichte mit dem Titel „Das war mein Leben" zu lesen begann.

Das war mein Leben

Schluchzend und mit tränenverschmiertem Gesicht tastete ich nach frischen Taschentüchern auf meinem Nachttischchen, das bereits mit gebrauchten Tüchern und anderem Krimskrams zugemüllt war. Ich zog ein frisches Tuch aus der bunten Verpackung und tupfte damit mein Gesicht ab, bevor ich mein Naseninneres darin entleerte. Ein weiterer Schluchzer durchschüttelte mich und forderte ein neues Taschentuch.

Nie hätte ich gedacht, dass mich diese gerade eben gelesene Geschichte so sehr treffen und emotional aus der Bahn werfen würde. Eigentlich hätt' ich's mir jedoch denken können, denn bei der Geschichte handelte es sich nicht einfach um einen erfundenen Liebesroman von Nicholas Sparks oder Jojo Moyes, der von zwei sich liebenden Personen handelte, die durch ihre Schicksale voneinander getrennt wurden und nur mit unendlicher Liebe füreinander sich wiedervereinen konnten, nein, es ging um das Leben meiner Oma, von ihrem achtzehnten Lebensjahr und dem Tag ihrer ersten Begegnung mit der Liebe ihres Lebens bis zur Geburt ihres letzten Enkelkindes, das sie in Form einer Geschichte vor ein paar Jahren zu Papier gebracht hatte.

Ich nistete mich gerade auf meinem Bett ein, richtete Kopfkissen, Bettdecke und meine unzähligen Kuscheltiere, damit ich sie nicht zerdrückte und sie mir wiederum nicht in den Rücken piksten. Bären, Tiger, Schwein und Esel setzte ich säuberlich an den Rand meines neuen, noch nach frischem Holz riechenden 1.40 Meter-Bettes und lehnte mich an die Wand. Meinen Laptop platzierte ich auf meinem Schoss. Links von mir stand meine violette Wasserflasche und daneben lag mein Handy. Ich liess noch einmal einen prüfenden Blick über meine Einrichtung schweifen, danach widmete ich mich dem Display meines MacBooks. Ich war bereit, eine spannende Geschichte zu lesen und hoffte, dass sie mir bei meinem Vorhaben, mehr über meine tschechischen Wurzeln zu erfahren, dienlich sein konnte.

Schon die ersten Seiten zogen mich in ihren Bann, und ich begann alles um mich herum zu vergessen. Diese Direktheit, mit welcher Oma schrieb, liess mich immer wieder auflachen und es kam mir vor, als wäre ich Leserin eines wirklichen Romans.

Der Anfang war alles andere als ein „Es war einmal ..." oder „Als ich noch klein war,...". Die Geschichte begann am 1. Januar 1957. Es war der Tag der Erstbegegnung mit Stana, Omas Ehemann, meinem Opa. Oma war damals achtzehn Jahre alt, also genau so alt wie ich es bin und erst beim Lesen ihrer Erzählungen wurde mir wirklich bewusst, dass Oma auch einmal jung gewesen war und dass sie genau die gleichen Hormonausschüttungen und Gefühlsachterbahnen durchlebt hatte, wie sie alle achtzehnjährigen Mädchen erleben. Der Unterschied war nur, dass ihre Gefühle nicht nur für kurze Zeit aktiv waren und sie nicht nur vom Märchenprinz träumte, sondern dass sie tatsächlich an diesem Abend ihren Mann fürs Leben kennen gelernt hatte. Das war so unglaublich und gleichzeitig wunderschön, dass ich während dem Lesen zu grinsen begann und für eine Weile nicht mehr damit aufhören konnte.

Beim Lesen erfuhr ich nicht nur, wie Oma Opa kennengelernt hatte, sondern auch vieles über Oma selbst, was ich alles gar nicht wusste. Bevor sie ihren Traum auf Grund eines Unfalls an den Nagel hängen musste, war sie auf dem Weg, Profiballerina zu werden. Ausserdem war sie Sängerin einer lateinamerikanischen Band und ging unter der Woche und an den Wochenenden regelmässig tanzen. Die Tänzerfüsse hat sie mir definitiv nicht vererbt, aber die Leidenschaft zum Singen und zur Musik auf jeden Fall.

Ich stellte mir vor, wie ich zu dieser Zeit an den Abenden tanzen gegangen wäre, in einem schönen Kleid, hohen Schuhen, und meine Freundinnen und ich wären selbstverständlich von hübschen jungen Männern zum Tanz aufgefordert worden und alle hätten die Standardtänze sicher beherrscht.

Gleichzeitig übertrug ich die Situation ins heutige Jahrhundert und verglich sie mit unseren Ausgangsgewohnheiten. Heute würden wir in einen Club oder eine Bar mit Tanzfläche gehen, uns von der Musik berieseln lassen, und uns meist erst nach genügend grossem Alkoholkonsum ein wenig schwankend dazu bewegen. Je länger der Abend ginge, desto anhänglicher würden Männlein und Weiblein werden und vielleicht kämen sich einige sogar noch ein wenig näher als andere. Dass ein Mann aber eine Frau aktiv zum Tanz auffordern würde, wäre heute eher unwahrscheinlich und auch, dass man irgendeinen Tanz beherrschen würde, welchen man zu zweit auf der Tanzfläche ausführte.

Ein bisschen schade fand ich das schon, denn ich stellte mir die Tanzabende von früher wahnsinnig romantisch vor, wie in den amerikanischen Filmen, von denen ich mir schon zahlreiche angeschaut habe, wenn ich wieder einmal das Bedürfnis hatte, mein Selbstmitleid über meine eigene fehlende Romanze aufrecht halten zu müssen. Auf der anderen Seite hatte ich bis jetzt jedoch immer ziemlich viel Spass im Ausgang, also kann's ja nicht so schlimm sein, so wie's jetzt ist, nicht wahr?

Ich beendete meinen Gedankenzug und wendete mich wieder den Buchstaben auf meinem Laptop zu.

Ein Blick auf meine Armbanduhr, ich vergass immer wieder, dass auch der Laptop selbst eine Uhr besass, zeigte mir, dass die Zeit schon ziemlich voran geschritten war und es längst Zeit wäre, schlafen zu gehen. Doch ich dachte keinen Moment daran, mit dem Lesen aufzuhören. Mein Körper würde mir schon früh genug signalisieren, wann er nun wirklich Schlaf bräuchte. Höchstwahrscheinlich fielen mir einfach die Augen zu, lesen sollte ja angeblich müde machen.

Nur ein Kapitel weiter, die Geschichte war in einzelne kleine Teile gegliedert, die von unterschiedlichen Ereignissen erzählten, erfuhr ich erstmals etwas über die politische Lage von damals. Es war die Zeit nach dem zweiten Weltkrieg und die tschechische Republik erholte sich langsam von den Strapazen des Krieges. Omas Familie besass wenig, aber genug, um sich über Wasser halten zu können. Alles schien in Ordnung zu sein und nach dem Krieg wieder bergauf zu gehen, da übernahmen 1948 die Kommunisten mit Klement Gottwald die Macht:

„Schon im Gymnasium (so etwas wie hier die Sekundarschule) hat man sofort die russische Sprache eingeführt. Alle anderen Sprachen waren verboten, man verbot die Kirche, man verbot alle Bücher von westlichen Schriftstellern, alle Filme und Theater, einfach alles, was aus dem Westen kam. Nach dem Krieg konnten wir noch den Film „Schneewittchen" von Walt Disney sehen oder „Alibaba und die 40 Räuber." Nachher war mit allem Schluss.
Das Fernsehen gab es noch nicht und die Radiosendungen vom Westen her waren so gestört, dass man nur die staatlichen tschechischen oder russischen Sender empfangen konnte.

In der Schule ging es so weit, dass nur die tschechische Literatur in richtigem Tschechisch war, alles andere entweder ganz oder halb russisch. Dazu kam, dass man ausser tschechischen Filmen, Theaterstücken oder Büchern nur alles aus der Sowjetunion sehen konnte. Nach zwei Jahren habe ich perfekt russisch gesprochen, aber ich konnte die sowjetischen Sachen nicht mehr riechen.

Aber alles was verboten ist, hat einen speziellen Reiz. Ich habe immer versucht an die verbotenen Sachen zu kommen. Aber es war nicht einfach. Die Leute hatten Angst. Wenn man erwischt wurde, wurde man auch bestraft, meistens mit Gefängnis.
Erst als ich in die Handelsschule kam, fand ich Hilfe. Dort konnte ich einem schwarzen Buchclub beitreten, wo ich alles lesen konnte, was ich wollte. Die Bücher waren teilweise so vergriffen, dass sie nur mit Hilfe verschiedener Klebstoffe zusammenhielten, aber wir haben alles gelesen, was da war. Den Hemingway, Stendal, Graham Green, E. M. Remarque, Thomas Mann.
Genauso bin ich einem schwarzen Filmklub beigetreten. Dort konnten wir alle die schönen amerikanischen Filme sehen, Musikfilme über

Glenn Miller, Benny Gutmann, einfach alles, was sonst nicht zu sehen war. Natürlich war es gefährlich, aber die Jugend hat andere Gesetze. Wir wurden nie erwischt.
Das Verbot galt auch für die westliche Musik. In unseren Cafés und Tanzsälen hat immer ein Orchester gespielt. Sie haben auch den Rock and Roll gespielt oder Glenn Miller, aber dazu musste das Orchester spezielle Bewilligungen haben und den Rock and Roll zu tanzen war strengstens verboten."

Alles aus der westlichen Welt sollte verboten gewesen sein? Kann man sich das überhaupt heute noch vorstellen? Mir fiel auf, dass ich, obwohl es keiner sehen konnte, da ich ja allein in meinem Zimmer sass, ein verdutztes Gesicht machte, während ich Omas Worte geradezu in mich aufsaugte.

Das wäre, wie wenn ich mir an diesem Abend nur Schweizer Filme angucken könnte. Eine fürchterliche Vorstellung, weil die Auswahl dann ernüchternd klein wäre.

In diesem Fall war ich wirklich froh, nicht in der Zeit der fünfziger Jahre gelebt zu haben, denn diese Einschränkungen waren wirklich das Letzte. Was erlaubten sich diese Kommunisten eigentlich?

Erst bei den Beatles, die wie eine Welle über die Welt gerollt waren, hatten diese Pappnasen erkannt, dass man die Regeln vielleicht etwas lockern müsste, weil sich sowieso jeder auf irgendeine illegale Weise die Songs beschafft hatte, sie hörte und danach auf öffentlicher Strasse sang.

Beim Tanzen war es ähnlich und Oma hatte in mehreren Sälen Tanzverbot, da sie die verbotenen amerikanischen Tänze wie den Rock'n'Roll in öffentlichen Häusern tanzte. Gut so, Oma, dachte ich und ballte innerlich die Faust, zeige es ihnen nur, auf solche Regeln sollte man ruhig pfeifen.

Nur einen Monat, nachdem sich Opa und Oma kennengelernt hatten, heirateten die beiden bereits, denn für sie war klar, dass sie den Rest ihres Lebens zusammen verbringen wollten.

Moment mal. Was taten sie? Ich überflog noch einmal die eben gelesene Textpassage.

Ich wusste ja, dass früher so einiges anders war als heute, aber heiraten, nachdem man sich erst vor einem Monat kennengelernt hatte?

Zum Glück wusste ich, dass Oma keinen Fehler damit gemacht hatte, denn ich hätte ihr definitiv davon abgeraten.

Beim Weiterlesen erfuhr ich allerdings, was damals ein möglicher Grund für die schnelle Heirat eines Paares gewesen war:

„Die Zeit fliegt uns davon und schon ist der Hochzeitstag vor der Tür. Ich bin eine sehr arme Braut. Das beige Kostüm und den braunen Mantel darüber kauft mir Stana. Noch vor der Hochzeit kaufen wir ein paar Möbel, nur das nötigste. Alles zahlt Stana.

Mein Vater hat immer gesagt, dass sich ein Mann glücklich schätzen kann, der eine seiner Töchter bekommt, allerdings ohne Aussteuer. Dafür hat er kein Geld und die Tochter muss nach der Heirat aus dem Haus. In der Wohnung der Eltern ist für sie kein Platz mehr."

Oma zog somit zu Opa, der bereits ein eigenes kleines Haus besass, und der Alltag ihrer jungen Ehe konnte beginnen.

Und wie der begann. Oma musste mit Schrecken feststellen, dass sie weder kochen noch backen konnte, und auch von der Arbeit im Garten, die im Frühling jeweils anstand, hatte sie keine Ahnung. Als sie noch zuhause bei ihren Eltern lebte, musste sie zwar im Haushalt mit anpacken, aber dies bestand vielmehr in Dingen wie Abwaschen, Aufräumen, den Tisch decken und nicht im Kochen selbst.

Ein Lächeln umspielte meine Lippen, als ich diese Zeilen las, denn ich stellte fest, dass ich ihr damit voraus war. Nicht mit dem Heiraten und dem Umzug in eine eigene Wohnung, damit habe ich es ehrlich gesagt noch nicht so eilig, aber kochen kann ich auf jeden Fall. Dies erlernte ich durch den Umzug in meine jetzige Schule, in der ich unter der Woche in einer Art Internat lebe und somit selbst koche, putze und wasche. Ich bin dankbar, dass ich diesen Schritt mit fünfzehn gewagt

habe, denn ich wurde selbstständiger, organisierter und schätze heute die Arbeit, die meine Mutter zuhause erledigt, viel mehr und packe gerne selbst mit an.
Oma hatte da so ihre Startschwierigkeiten. Doch auch sie wurde zu einer begnadeten Köchin und Bäckerin, und ich liebe es jedes Mal, bei ihr zu essen.

***

„Dann kam ein Abend im Dezember und ich wartete auf Stana. Er war immer pünktlich zu Hause, aber an diesem Abend kam er nicht. Es war schon 22 Uhr und von ihm keine Nachricht, nichts. Ich war schon beunruhigt, aber plötzlich war er da. Strahlend sagte er:
„Alena ich habe für uns ein Auto gekauft."
„Ein Auto???"
„Ja, komm, sieh es dir an. Es steht vor der Tür."
Ich lief hinaus und da stand ein Sportwagen. Mit Zweitaktmotor und Luftkühlung. Hellblau mit einer langen Schnauze und Stoffdach. Ich konnte es nicht glauben.
„Der Wagen gehört wirklich uns?"
„Ja sicher, komm, nimm deinen Mantel und wir machen eine Probefahrt."
*Das musste er mir nicht zweimal sagen. Im Nu war ich wieder da, setzte mich in **unseren** Wagen. Ich machte die Tür zu und musste feststellen, dass hier keine Seitenfenster waren.*
„Wieso hat der Wagen keine Fenster, wie können wir dann fahren?"
„Die Fenster sind aus Kunststoff und sind kaputt gegangen. Wir müssen neue kaufen, das ist kein Problem, bis dahin fahren wir halt ohne Fenster."
Dazu muss ich sagen, dass die Winter in der Tschechoslowakei sehr streng sind und Frost bis zu minus 20 Grad keine Seltenheit ist. Aber das war damals alles egal, wir hatten ein eigenes Auto."

Ihr wart ja völlig verrückt. Minus zwanzig Grad Celsius und ihr fuhrt ohne Seitenfenster herum. Ich musste lachen. Meine Grosseltern haben wirklich die schrägsten Sachen gemacht. Sie fuhren tatsächlich in der Nacht noch zu Omas Eltern, zeigten ihnen stolz ihr Auto und luden sie, sie waren nur in Pyjamas gekleidet, auf eine Probefahrt ein. Erst im Nachhinein wurde ihnen bewusst, welche Konsequenzen es gehabt hätte, wäre das Auto irgendwo auf der Strecke liegen geblieben.

Schnell stellte sich heraus, dass das neue Auto einige Mängel aufwies, und beim Weiterlesen wurde mir klar, dass es nicht das letzte Mal war, dass das Auto der Familie Lebeda Probleme machte.

Doch in diesem Moment wussten Oma und Opa ja noch nichts davon, und sie waren überglücklich, ihr erstes eigenes Auto zu besitzen.

Für mich war ein Auto im Haushalt zu haben immer etwas Selbstverständliches gewesen. Solange ich mich zurück erinnern konnte, hatten wir immer mindestens zwei Autos zuhause, ein „Papa-Auto" und ein „Mama-Auto", das auch das Familienauto war. Dass es damals ein Prestigeobjekt war und bis zu seinem Versagen gehegt und gepflegt wurde, war mir zuvor nicht wirklich bewusst gewesen.

***

Oma hatte das Ende des Zweiten Weltkrieges noch miterlebt. Sie war damals noch sehr klein, als sie regelmässig in den Luftschutzkeller fliehen mussten, als die Sirenen losgingen und die Stadt von Flugzeugen bombardiert wurde. Immer öfter mussten sie in den Keller hinunter. Sie verbrachten Tage darin. Sie hatten ihn deshalb mit Betten, Spielzeug und anderen nützlichen Dingen eingerichtet.

Am 8. Mai 1945 wurde ihr Haus, man konnte es fast nicht anders ausdrücken, platt gemacht. Nichts, ausser dem ersten Stock, war noch übrig geblieben. Die kleine Einzimmerwohnung, welche Oma mit ihren

Eltern und ihrer Schwester damals bewohnt hatte, existierte nicht mehr.

Der Luftschutzkeller hatte ihr Leben gerettet und die Verschütteten waren froh, als sie aus dem von Trümmern zugedeckten Loch befreit wurden. Am 9. Mai dann wurde Prag von den Russen befreit und die Bombardierungen hatten endlich ein Ende.

Die kleine Alena und ihre Familie kamen in eine schöne Drei-Zimmer-Wohnung mit Gasanschluss, warmem Wasser und eigenem, schönem Badezimmer. In dieser Wohnung kamen auch Omas Geschwister zur Welt, und ihre Eltern lebten noch bis an ihr Lebensende in dieser kleinen, für die damalige Zeit luxuriösen Behausung.

***

Hatte ich schon erwähnt, dass Oma und Opa die komischsten Sachen machten? Ja, ich glaube, das habe ich. Hier noch einmal ein Beispiel und ich muss noch immer lachen, wenn ich diese Geschichte höre:

„Aber es kam auch eine neue Schuhmode. Es war eine Art Slipper. Aus feinem Leder, die spitze ein bisschen nach oben gebogen und die ganze Sohle aus weissem Naturgummi, ca. 3 - 4 cm hoch. Bei uns haben die Schuhe einen Namen gehabt: Madarky - Ungarinnen. Wir waren begeistert. Jeder musste sie haben. Da unser Nachbar Jiři in der Lederbranche tätig war, haben wir bei ihm zwei Paar dieser wunderbaren Schuhe bestellt. Farbe dunkelbraun bis dunkelrot. Es war kein billiges Vergnügen. Bei Stanas Gehalt von 1200 Kronen monatlich hat ein Paar 400 Kronen gekostet. Sehr viel Geld. Aber wir haben sie trotzdem machen lassen. Und da hat sie Jiri geliefert. Es waren die schönsten Schuhe, die man sich vorstellen kann.

Wir wollten unsere Freude mit jemandem teilen und daher beschlossen wir zu Stanas Schwester nach Bela zu fahren. Das Auto haben sie auch noch nicht gesehen und wir sind dann an einem Samstag gestartet. Wir haben zwei wunderbare Tage bei ihnen verbracht. Sie haben das Auto und die neuen Schuhe gebührend bewundert und wir sind am Sonntagnachmittag nach Hause gefahren. In Kbely hat Stana gemeint, wir könnten eine Abkürzung über einen Feldweg bei Satalice nehmen. Ich gab zu bedenken, dass es zwei Tage vorher geregnet hat und der Feldweg nicht stabil sein werde. Aber Stana hat gesagt, der Weg wird sicher gut sein und wir sind dann abgebogen. Langsam kamen wir zu dem Feldweg und mussten feststellen, dass der Boden sehr weich war und vor uns vermutlich ein Traktor den Weg befahren hatte und nun waren zwei tiefe „Pneurillen" zu sehen und hoch in der Mitte die Erde. Unser Sportwagen war sehr niedrig und mir war es nicht ganz geheuer. Aber Stana hat sich nicht ablenken lassen und ist auf den Feldweg eingebogen. Es kam, wie es kommen musste, wir sassen fest.

„Was machen wir jetzt?"

„Wir müssen aussteigen und schieben."

„Mit den neuen Schuhen? Das ist nicht dein Ernst?"

„Wir können nichts anderes machen, steig aus."

Wir sind ausgestiegen und bis zu den Knöcheln in tiefem Morast versunken. Wir haben alles versucht. Nach vorne, nach hinten, den Wagen konnte man nicht bewegen.

„Stana, was machen wir jetzt?"

„Ich laufe jetzt zu den Häusern da vorne, entnehme eine Latte aus einem Zaun, und du setzt dich hinter das Lenkrad, ich werde dich von hinten mit der Latte anheben und so kommt der Wagen heraus."

„Ich kann aber das Auto gar nicht fahren."

„Das ist kein Fahren, du musst nur Gas geben wenn ich den Wagen anhebe, nichts anderes."

Stana hat die Latte geholt, ich setzte mich hinter das Lenkrad, startete und wartete was kommt. Und es kam. Plötzlich ein Ruck, das Auto machte einen Satz nach vorne und weil ich das Gas gedrückt habe, ist das Auto einfach gefahren. In der schönen Spur. Nur ich wurde immer schneller und wusste nicht, was ich machen soll. Hinter mir ist Stana gelaufen und hat etwas geschrien, aber ich habe ihn nicht gehört. Ich

habe aber Angst gekriegt und als ich auf eine normale Strasse zugerast
kam, habe ich vor lauter Angst den Fuss vom Gas genommen. Die
Strasse war leicht ansteigend und das Auto rollte langsam aus. Stana
kam ausser Atem angerannt.
„Warum hast du nicht gebremst?"
„Und wo ist die Bremse?"
„Ich kann es nicht fassen, du weisst nicht, wo die Bremse ist?"
„Wie denn, ich bin noch nie ein Auto gefahren und habe mich dafür
auch nicht interessiert."
Wir kamen nach Hause und als erstes habe ich unsere Schuhe
abgewaschen. Ich habe alles versucht, aber so strahlend weisse
Gummi-Sohlen hatten unsere Schuhe nie mehr."

Köstlich, nicht wahr?
Ach Oma, du hast wirklich die tollsten Geschichten auf Lager. Eine
weitere war, dass ihr Auto, es war nicht mehr der Sportwagen, sondern
ein Opel Kapitän, durch den Deckel des Jauchelochs in ihrer Einfahrt
krachte und vorne seitlich in die stinkende Brühe sank.
Oma musste über den Rücksitz nach hinten klettern, um heil aus dem
Auto zu kommen, und nur mit vereinten Kräften aus der Nachbarschaft
und einem Traktor konnten sie das Auto schliesslich aus dem Loch
ziehen. Natürlich hatte alles furchtbar gestunken, und damit dies nicht
wieder passieren konnte, hat Opa nach diesem Malheur als erstes
einen stabilen und neuen Deckel gefertigt.

Dann wurde Oma schwanger. Opa sagte, es würde ein Mädchen
werden, und er hatte recht. Meine Tante Zora kam am 15. Januar 1959
zur Welt.
Zwei Jahre später erblickte auch mein Vater das Licht der Welt:

„Wie schon beim ersten Kind hat Stana diesmal gesagt, es werde ein
Junge und wir haben nur einen Namen für einen Jungen gesucht. Wie
das so bei den werdenden Eltern ist, haben sie verschiedene Kriterien
für den Namen ihres Nachwuchses. Als wir den Namen für unsere

Tochter gesucht haben, hat einer von uns einen Namen gesagt und der andere hat sich dazu geäussert. Das sah so aus:

Ich: „Was sagst du zu Alena?"

Stana: „ Ich möchte keinen Zweitnamen. "

„Wie wäre es mit der Milada?"

„Ich habe eine Milada gekannt und die war eine richtige Zwetschge. "

So lief es weiter. Bis er auf den Namen Zorka gekommen ist, weil die Tante Anezka in einer Familie gedient hat und diese Familie hatte eine Tochter, die Zorka geheissen hat. Den Namen fand ich schön und so hat unsere Tochter den Namen Zora bekommen, weil Zorka nicht in der Matrize vorgesehen war.

Und nun suchten wir wieder einen Namen, aber diesmal für einen Jungen. Und es war das gleiche Spiel. Ich sagte einen Namen und Stana hatte was dagegen, dann sagte er einen Namen und ich war nicht einverstanden. In dieser Zeit liebte ich die Liebesromane und ich las, was mir in die Hände kam. Gerade las ich einen Roman, wo ein junger fescher Mann sich in ein schönes Mädchen verliebt hat, aber sie war sehr arm und er durfte sie nicht heiraten. Und dieser fesche junge Mann trug den Namen Richard. An einem Abend, als ich nicht mehr weiter wusste, habe ich gesagt:

„Was wäre mit dem Richard?"

„Das wäre gar nicht schlecht, das gefällt mir. "

Damit war abgemacht, dass unser Junge den Namen Richard bekommt. "

Mein Vater war ein sehr braves und geduldiges Kind. Wenn er keinen Hunger oder Durst hatte, schlief er selig und Zora, seine Schwester, liebte ihn über alles und konnte auch alles mit ihm anstellen. Sie hatte Höhlen im Haus und im Garten für sich und Richard gebaut und spielte jeweils Mutter und Kind, wobei sie natürlich die Mama und ihr kleiner Bruder das Kind war.

Ich musste beim Lesen schmunzeln, denn diese Erzählung erinnerte mich an meine Schwester, die eine genau so begnadete Höhlen- und

Hüttenbauerin gewesen war als Kind. Schon in jeder Ecke unseres Wohnzimmers hatte einmal eine ihrer Höhlen gestanden, und sie konnte darin jeweils Tage verbringen, hörte sich Kassetten an, ja, sie und ich kannten die gute alte Kassette noch, blätterte durch Bilderbücher oder malte.

Mein Vater und seine Schwester hätten unterschiedlicher nicht sein können. Zora entwickelte sich sehr schnell, begann früh zu laufen und plapperte, als sie die Sprache für sich entdeckte, alle und jeden voll. Bei meinem Vater brauchte dies alles ein wenig länger. Er konnte lange nicht gehen und sagte auch lange kein Wort. Als er dann jedoch zu sprechen begann, war dies schon in ganzen Sätzen. Zora und er haben gemeinsam Lieder gesungen, Reime erfunden und auch sonst sehr oft zusammen gespielt.
Trotzdem waren sie Mädchen und Junge, und so hatte Zora natürlich ihre Vorliebe für Puppen, wohingegen mein Vater sich für Autos und Züge interessierte. Er hatte bei all seinen Spielzeugvehikeln immer zuerst schauen müssen, wie die jeweilige Mechanik funktionierte. Für dies nahm er es immer zuerst komplett auseinander. Erst nach einer gründlichen Kontrolle setzte er es wieder zusammen und begann zufrieden damit zu spielen.
Ich könnte sagen, dies macht er auch heute noch so, nur dass die Fahrzeuge grösser sind.
Irgendwie war es merkwürdig, gleichzeitig aber auch sehr interessant, über meinen Vater als Kind zu lesen. Man stellt sich die Eltern doch lange gar nicht als Kinder vor. Sie sind doch einfach schon ihr ganzes Leben Eltern und auch schon immer erwachsen gewesen. Auch ihre Namen kann man sich doch gar nicht als Kindernamen vorstellen, und jetzt steht da geschrieben, dass er eine Vorliebe für Schlüssel hatte und diese immer versteckte und nicht verraten wollte, wo sie sich befanden. Dies war zu komisch.
Ausserdem erinnerte es mich schon das zweite Mal an meine Schwester, die zwar nicht die Schlüssel, aber ihre Kuscheltiere versteckt hatte. Mann, war das jeweils ein Drama, denn ohne die

beiden „Viecher" konnte sie natürlich nicht einschlafen, und die ganze Familie musste so lange nach ihnen suchen, bis sie schliesslich irgendwo im Spielzeugbauernhof, dem Babywagen, in einer Tasche oder sonst wo unter dem Bett gefunden wurden, meistens von mir. Ich weiss nicht, aber irgendwie kannte ich meine Schwester einfach und auch heute noch bin ich oft diejenige, die ihr Handy oder ihre ganzen anderen technischen Geräte findet, wenn sie sie wieder einmal verlegt hatte.

Ich liess meine Gedanken ziehen und widmete mich wieder den Seiten von Omas Geschichte.
Oma erzählte gerade, dass es zu der Zeit noch nicht üblich war, dass Frauen Auto fuhren:

„Die Männer waren alle überzeugt, nur sie können das Auto gut fahren, in diesem Fall war Stana keine Ausnahme."

Deshalb war Oma umso erstaunter, als Opa eines Tages zu ihr kam und vorschlug, sie könnte doch die Fahrprüfung machen, weil sie ausserhalb der Stadt wohnten und die Verbindung des öffentlichen Verkehrs schlecht waren. Sofort meldete sie sich an und begann mit ihrem Ehemann das Fahren zu erlernen. Es war schwierig, denn Stana war zwar selbst ein begnadeter Fahrer, aber nicht wirklich ein geduldiger Lehrer.
Neben dem Fahren gab es noch eine weitere Schwierigkeit, denn zur Prüfung gehörte auch das Absolvieren einer technischen Prüfung, in der man die Funktionsweise des Motors sowie seine Einzelteile kennen musste.
Opa versuchte seiner Frau alles im Detail und mit genügend Geduld zu erklären, doch Oma konnte die ganzen Zusammenhänge einfach nicht begreifen. Nach mehreren fehlgeschlagenen Versuchen sagte er ganz frustriert:

„Hoffentlich weisst du wenigstens, dass unser Skoda Felicia zwei Karburatoren hat."

„Warum zwei?"

„Der Motor hat bessere Akzeleration, bessere Beschleunigung und kommt schneller vom Platz weg."

Dann kam der Tag meiner technischen Prüfung. Wir sind vier Personen gewesen, zwei Männer und zwei Frauen.

Nach der Begrüssung kam die erste Frage:" Wer von euch hat zu Hause ein Auto?" Ich war die einzige.

„Was für ein Auto haben sie?"

„Skoda Felicia."

„ "Einen schönen Sportwagen. Was für ein Unterschied gibt es zwischen ihrem Skoda Felicia und dem Skoda Octavia?"

„Skoda Felicia hat zwei Karburatoren."

„Ausgezeichnet und wissen Sie auch, wozu sie da sind?"

„Der Motor hat bessere Akzeleration, bessere Beschleunigung und kommt besser vom Platz weg."

„Wunderbar, hier haben Sie Ihren Ausweis, Sie haben die Prüfung mit Bravour bestanden."

Ich musste herzhaft lachen. War dies zu glauben? Wenn man mein Gesicht in diesem Moment sehen würde, es bekäme einen Preis für das verdutzteste Gesicht der Welt. Was für ein Glück diese Frau doch hatte und wie toll es war, dass sie nun ihren Führerschein in der Hand halten konnte. In dem ist sie mir übrigens voraus, denn den halte ich noch nicht in meinen Händen. Dass es danach noch den einen oder anderen Unfall gab, sei mal dahingestellt, aber Oma konnte fahren und das war echt klasse. So ganz nebenbei, sie fährt auch heute mit achtzig Jahren immer noch und zwar so, als hätte sie nie etwas anderes getan.

Gut, einen Unfall muss ich dennoch erwähnen, denn dies ist eine meiner Lieblingsgeschichten, welche sie meiner Schwester und mir immer erzählt hatte. Als ich sie auch hier in Omas Erzählungen fand, musste ich wieder lachen, weil sie so typisch zu meiner Oma passte und ich mir die Geschichte einfach eins zu eins vorstellen konnte:

„Eines schönen Nachmittags kam ich auf die Idee, ich könnte den Skoda Felicia waschen. Ich habe den Wagen vorsichtig aus der Garage gefahren, habe mit Shampoo gewaschen, dann mit Wax schön poliert. Der Wagen glänzte in der Sonne. Zorka, damals drei Jahre alt, hat um mich getanzt und Risa schlief in seinem Kinderwagen, es war ein schöner Nachmittag.

Dann wollte ich den Wagen in die Garage fahren. Aber ich habe zuviel auf eine Seite gelenkt, plötzlich ein Geräusch, der Wagen hat auf der rechten Seite die Wand gerammt und der Kotflügel ist abgeschürft worden. Auf ca. 20 cm war der Lack weg, bis auf das Blech. Ich konnte nicht atmen. Was mach ich jetzt. Ich habe gewusst, wie Stana das Auto gehegt und gepflegt hat und ich mache so was. Dann habe ich das Auto wieder aus der Garage gefahren, habe Schmirgelpapier genommen und die Stelle schön glatt gemacht. Ich habe gewusst wo Stana die Originalfarbe aufbewahrt; die hat er zum Auto bekommen. Dann habe ich einen neuen Pinsel genommen und die Stelle lackiert. Schön war es nicht, aber auf den ersten Blick war es nicht zu sehen. Dann habe ich das Auto vorsichtig in die Garage gefahren, diesmal ohne Probleme. Zorka hat mir interessiert zugesehen.
Ich bin zu ihr in die Knie: „Zorenko, du darfst dem Papi nichts sagen. Du darfst nicht sagen, dass Mami das Auto beschädigt hat. Mami sagt ihm das später selber. Hast du mich verstanden?"
„Ja, ich habe verstanden. Ich darf Papi nicht sagen, dass du das Auto bemalt hast." „Gut, du bist ein braves Kind."
Nach einer Weile kam Stana nach Hause. Zorka fliegt ihm entgegen und sagt:
„Papa, Mami hat das Auto kaputt gemacht, aber ich darf dir das nicht sagen."
Stana ist zur Säule erstarrt.
„Was hast du gemacht?"

„Stana, weisst du was, komm ins Haus und ich sage dir was passiert ist."

Wir hatten damals ein Aquarium mit verschiedenen Fischen und Stana hat immer gesagt, wenn er vor dem Aquarium sitzt ist er total entspannt und ruhig.

„Ich habe zu ihm gesagt: „Stana, kannst du dich vor das Aquarium setzen?"

„Warum?"

„Weil ich dir was sagen muss und du immer gesagt hast, wenn du vor dem Aquarium sitzt bist du ganz ruhig."

Er musste lachen, aber dann hat er sich doch vor das Aquarium gesetzt.

„Was ist denn passiert?"

Ich habe ihm alles erzählt. Er sagte kein Wort, ist aufgestanden und in die Garage gegangen. Zorka hinter ihm. Nach einer Weile kamen sie zurück und Stana sagte: „Dass du das Auto beschädigt hast, das kann passieren, aber warum musstest du noch mit dem Pinsel hantieren. Wenn du das nicht gemacht hättest könnte ich das selber in Ordnung bringen, aber so muss ich es in die Spenglerei bringen und nachher lackieren lassen."

Mir tat es richtig leid, aber wir hatten genug gute Freunde und die haben es dann in Ordnung gebracht und es hat nicht so viel gekostet.

Vielleicht klingt es so, dass wir um das Auto viel zu viel Aufhebens gemacht hatten. Aber für die damalige Zeit in der Tschechoslowakei war es schon was Besonderes, ein Auto zu besitzen und man hat gewusst, es ist für immer. Eine so grosse Summe konnte man im Leben nur einmal aufbringen. Und darum hat man das Auto gehegt und gepflegt, damit es für immer hält."

***

Oma und Opa waren schon immer zwei reisefreudige Personen gewesen, die die Welt entdecken wollten, und obwohl sie in einem vom Kommunismus regierten Land lebten, hielt sie das nicht davon ab, ins Ausland zu fahren.

Sie unternahmen verschiedene Reisen mit Freunden, fuhren in die Skiferien oder nach Bulgarien, Polen und ans Schwarze Meer.

Jede Reise brachte wieder viele Erlebnisse, wobei die einen lustiger waren als die anderen.

Ich erwähnte bereits, dass ihnen ihr jeweiliges Auto immer ein wenig zu schaffen machte, und dies war genau bei einer ihrer Reisen der Fall, während der es unzählige Male den Geist aufgab und Opa es immer und immer wieder reparieren musste.

Zahnschmerzen kamen auch oft als unfreiwillige Reisebegleiter auf ihre Ausflüge mit, und bei einem gemütlichen Zeltwochenende mit Freunden regnete es so stark, dass sie nach unzähligen vergeblichen Versuchen, doch noch ein Feuer entfachen zu können, aufgeben und nach Hause zurückkehren mussten.

Obwohl dies nun alles nicht sehr erfreuliche Erlebnisse waren, konnte ich dennoch herauslesen, dass meine Grosseltern das Reisen liebten, und sie immer wieder von neuem vom Reisefieber gepackt wurden.

Auch als sie schon längst in der Schweiz lebten, reisten sie jedes Jahr an die verschiedensten Orte auf der Welt. Ich glaube, meine Oma hat noch nichts nicht gesehen. Sie ist nun achtzig Jahre alt und fliegt noch immer ohne Probleme einmal über den Atlantik in die Dominikanische Republik oder nach Miami.

Dies war immer eines ihrer Lieblingsreiseziele. Das Land der unbegrenzten Möglichkeiten: Amerika. Schon mehrere Male hat sie das Land durchreist, besuchte das Disneyland, war an der West- und Ostküste und verbrachte viele heisse, sonnige Tage in der Karibik.

Land Nummer eins war und blieb jedoch immer Italien. Italien war für die Tschechoslowaken damals das Reiseziel schlechthin. Das Meer, seine Strände, dahinter kleine Städtchen, welche von Charme nur so sprühten, immer sonniges Wetter und dabei diese lockere und lebensfrohe Mentalität der Italiener. Ich glaube, Italien hat es uns allen ein wenig angetan.

Unsere Eltern sind mit uns auch jahrelang immer nach Italien gefahren, und wir liebten das Land einfach. Ich weiss nun, dass dies definitiv von den Eltern auf ihren Sohn abgefärbt hatte.

Nebst all den Ferien waren Opa und Oma natürlich immer noch gerne zuhause, in diesem kleinen Haus am Rande von Prag, in das sie in den vergangenen Jahren so viel Arbeit und Liebe investiert haben. Zu Beginn befand sich hinter den nicht isolierten Mauern nämlich weder ein Badezimmer, noch fliessendes Wasser. Opa baute zudem eine Garage für ihren Wagen und eine richtige Waschküche für seine Frau.

Das Haus gehörte jedoch nicht ihnen, sondern einem Herrn, der in Hradec Kralové, einer Stadt östlich von Prag lebte, dann aber eine Arbeitsstelle in Prag erhielt und gerne in sein Haus am Stadtrand ziehen wollte. Deshalb schlug er meinen Grosseltern vor, sie könnten doch stattdessen nach Hradec Kralové in seine Wohnung ziehen.

Für Oma kam dies nicht in Frage. Sie war eine gebürtige Pragerin und konnte sich beim besten Willen nicht vorstellen, diese Stadt einmal zu verlassen. Wenn sie damals gewusst hätte, dass sie in nicht allzu geraumer Zeit sogar das Land verlassen sollte.

Opa konnte sie schlussendlich umstimmen, und sie musste einsehen, dass sie im Grunde gar keine andere Wahl gehabt hatten.

Nach ihrem Umzug in die neue Wohnung musste diese zuerst gänzlich gesäubert und renoviert werden, doch als dies vollbracht war, war sie ein richtiges Schmuckstück.

Ein Problem galt es jedoch noch zu lösen und das war folgendes:

„Ich habe gesagt, die Wohnung war ein Schmuckstück, das stimmte, aber es war noch mehr zu tun. Herr U. hat uns ganz stolz das Badezimmer gezeigt, von einem Fachmann gemacht, für mich war es ein Albtraum. Es war ein sehr kleiner Raum, wegen Platzmangel hat man nur eine Sitzbadewanne eingesetzt. Sie war oval und hatte ca. 30 cm hohe Beine. Und weil man den Abfluss nicht unter die Beine bekam, hat man darunter noch Ziegelsteine gestellt. Man brauchte fast eine

Leiter um in die Wanne zu steigen. Noch dazu hat der Fachmann alle Rohre für das warme und kalte Wasser nicht in die Wände gesteckt sondern ca. 10 cm an den Wänden des Badezimmers entlang geführt. Wenn ich die Kinder baden wollte, ist Zorka unten gesessen und Risa auf dem Sitz. Ich habe Wasser eingelassen, Zorka ist fast untergegangen und Risa fast verfroren. Es war unmöglich. Wir haben beschlossen das ganze Badezimmer umzubauen. Stana hat alles ausgemessen und gesagt, er werde die Wand, die in die Diele geht, verschieben und dann werden wir Platz für eine 1,20 Meter lange Wanne haben. Wir haben sofort angefangen. Stana hat die Wand verschoben, alle Rohre in die Wände versteckt und nun haben wir auf die Wanne gewartet. Kaufen konnte man sie nicht. Man musste über Bekannte suchen und hoffen, jemand werde eine anbieten. Es war eine riskante Sache. Es war illegal, auf dem schwarzen Markt etwas zu kaufen, man konnte dafür sogar im Gefängnis landen. Offiziell konnte man das nicht bekommen und darum musste man solche Wege suchen. Und tatsächlich kam an einem Abend ein Anruf von einem Freund, dass er für uns eine 1,20 Meter lange Badewanne habe, wir müssen sie jedoch noch an dem Abend abholen und zwar in Doudleby, ca. 40 km von Hradec Kralové entfernt. Nachdem die Kinder im Bett waren, haben wir uns auf den Weg nach Doudleby aufgemacht. Die Wanne war schön, aber aus Gusseisen. Wir hatten nur unseren Skoda Felicia dabei. Was nun? Wir haben das Dach abgenommen und die schwere Wanne auf die hinteren Sitze gehievt. Der Wagen hat nur einen Seufzer gemacht. Aber wie bringen wir sie in Hradec Kralové in die Wohnung im ersten Stock? Noch dazu sollte es niemand erfahren.

Unser Freund hat gesagt, er werde mit uns fahren und werde uns helfen die Wanne in die Wohnung zu bugsieren. Mit gemeinsamen Kräften haben wir es wirklich geschafft, die Wanne in die Wohnung zu bringen und an die richtige Stelle anzupassen. Es war aber Schwerstarbeit.“

Nach diesen anfänglichen Herausforderungen verlief das Leben in Hradec Kralové ruhig. Opa und Oma hatten beide eine passende

Arbeitsstelle gefunden, die Kinder gingen zur Schule und die Familie fühlte sich wohl in ihrem neuen Zuhause.

Eine der grösseren alltäglichen Herausforderungen war jeweils der Einkauf. Ich las, dass es damals oft an Gemüse, Obst und an Kleinigkeiten, die das Leben eben so bereicherten, fehlte. Fleisch war die grösste Rarität und Oma musste für einen Happen jeweils zwei bis drei Stunden vor dem kleinen Lebensmittelladen Schlange stehen. Dabei wussten sie und die anderen Kunden nicht einmal, was für Fleisch sie schlussendlich kriegten. Manchmal gab es nur Enten, dann wieder nur Poulet-, Schwein- oder Rindfleisch. Niemand hatte das Recht, sich etwas auszusuchen. Es gab einfach das, was man vom Metzger in die Hand gedrückt bekam.

In solch einer Situation war klar, dass eine Fleischspeise etwas Besonderes und nur für den Sonntag gedacht war.

Weil es jedoch nie an Brot, Mehl, Reis und den weiteren kohlenhydrathaltigen Grundnahrungsmitteln fehlte, entwickelten sich daraus die typischen tschechischen Gerichte, wie diverse Mehlspeisen und Suppen. Ich liebe diese Gerichte. Semmelknödel mit Lendenbraten an einer richtig üppigen Gemüsesauce war das Beste auf der Welt. Diese Speise nennt sich Svíčková und gibt es bei uns jedes Jahr am 26. Dezember, wenn die ganze Familie bei Oma zum Essen eingeladen ist.

So wie der Sonntag ein spezieller Tag bezüglich des Essens war, galt der Freitag für meinen Vater und seine Schwester als besonderer Tag. Oma holte sie dann jeweils von der Schule ab, und jeder von ihnen bekam eine Banane. Auch die gab es nicht jeden Tag. Im Delikatessenladen bekamen beide fünfzig Gramm Schinken und dazu ein kleines Brötchen fürs Abendessen.

All dies war zu dieser Zeit sehr teuer und nur für die Kinder gedacht. Für sie war es jedes Mal ein richtig kleines Festmahl.

Ähnlich war es mit den Produkten für die Weihnachtszeit. Oma stand für Mandarinen wieder stundenlang an und nur die Kinder durften jeden Tag eine der leckeren Früchte oder einen kleinen Schokoweihnachtsmann, den die Eltern von der Arbeit nach Hause brachten, essen.

Für mich ist so etwas unvorstellbar. Meinem Gewissen wurde es gleich ein wenig mulmig zu mute. Wenn ich was Süsses wollte, ging ich in die Küche und holte mir die entsprechende Leckerei. Früchte hatten wir täglich zuhause und auch Fleisch konnte im Laden so viel und oft gekauft werden, wie man nur wollte und es für ökologisch und moralisch sinnvoll hielt.

Ich nahm mir sofort vor, diese Sachen wieder vermehrt zu schätzen und sparsamer zu verwenden, denn eigentlich waren sie wirklich etwas Spezielles und sollten doch genossen und nicht in rauen Mengen verschlungen werden.

Eines Abends im Sommer 1967 kam Opa nach Hause und verkündete, dass er einen kleinen Bauernhof in Orlické Hory angeboten bekommen habe und sie ihn sich anschauen sollten. Gesagt, getan und die ganze Familie fuhr auf das etwa fünfzig Kilometer entfernte Anwesen.

Das Haus trug den Namen „na pustine", was auf Deutsch „in der Einöde" bedeutete.

Schon ein erster Blick genügte und Familie Lebeda hatte sich in das alte Haus mit grossem Umschwung verliebt:

„Mitten in einer Wiese von Obstbäumen stand das Haupthaus mit grossem Stall. Daneben eine grosse Scheune voll Holz und ein Hühnerhaus. Bei dem war ein kleiner Wassertümpel. Das Haus hatte drei grosse Zimmer mit teilweise alten Möbeln und eine grosse Küche mit grossem Herd und zwei Backöfen. Alles mit Holz oder Kohle beheizbar."

Das Anwesen war jedoch alles andere als günstig und Opa fragte in der ganzen Familie nach finanzieller Unterstützung. Es funktionierte und der kleine Bauernhof wurde gekauft.

Da es Sommer war, konnten sie sofort mit den Renovierungsarbeiten beginnen, und sie bauten sich gemeinsam eine richtig schöne kleine Feriendestination auf.

Die Familie verbrachte viel Zeit auf der Chata, das tschechische Wort für Wochenendhaus, und auch Omas Eltern wie Freunde waren oft zu Besuch.

Es war eine wunderbare Zeit, der Sommer, wie auch der Winter liessen sich wunderbar verbringen auf „na pustine".

***

Und dann kam der Prager Frühling 1968.

Ich begann automatisch mich gerader hinzusetzen und richtete mich neu ein in meinem Nest aus Kissen und Plüschtieren. Dass es schon weit nach Mitternacht war, bemerkte ich gar nicht, und auch mein Körper hatte mir noch keinerlei Notrufsignale gesendet.

Ehrlich gesagt hätte ich sie auch ignoriert, denn nun wurde es spannend, nun ging es nicht mehr lange und ich erfuhr ganz genau, wie meine Familie damals in die Schweiz gekommen war. War es wirklich so, wie Oma es erzählt hatte? Warum genau sprach man eigentlich vom Prager Frühling, wenn er doch so grausam war? Frühling ist doch was schönes, alles beginnt zu leben, nicht zu vergehen. Warum genau flohen die Leute? Wie lief die ganze Besetzung damals genau ab, und wer steckte neben den Russen noch alles hinter dieser grausamen Tat? Tausende Fragen schossen mir gleichzeitig durch den Kopf, und ich las sofort weiter, da ich schnellstmöglich ihre Antworten erfahren wollte.

Alles fing eigentlich schon im Herbst 1967 an, als es zur Vertrauenskrise gegen den damaligen Präsidenten Antonín Novotný und sein Regime kam. Immer mehr Parteifunktionäre stellten sich auf die Seite seines Gegners Alexander Dubček, der schliesslich am 5. Januar 1968 Novotný als Chef der kommunistischen Partei der CSSR (Tschechoslo-

wakei) ablöste. Unter grossem Druck der Öffentlichkeit trat Novotný am 21. März 1968 auch als Staatschef zurück.
Am 30. März wurde General Ludvík Svoboda von der Nationalversammlung zum neuen Präsidenten der CSSR gewählt.

„Svoboda" heisst auf Deutsch „Freiheit."
Und für uns war damals die Freiheit ausgebrochen. Da Dubček und Svoboda den Sozialismus mit menschlichem Antlitz propagierten, wurde bei uns die Zensur gelockert, die Journalisten konnten viel freier schreiben, man duldete auch Kritik an den Parteifunktionären, alles Sachen, die früher bei uns gar nicht möglich waren. Wir fühlten uns richtig befreit, die Leute waren freundlich, lachten, die Stimmung war euphorisch."

Dieses Umdenken in Politik und Bevölkerung der Tschechoslowakei blieb jedoch nicht unbeobachtet und den restlichen Mitgliedern des Warschauer Pakts gefiel diese Entwicklung gar nicht.
Es gab Gespräche zwischen fünf der Länder und es wurde unter anderem ein Brief an die tschechoslowakische Regierung verfasst, der verlangte, alle Reformen sofort zurückzurufen.
Vor allem die Sowjetunion sah in den Entwicklungen des Nachbarstaates eine grosse Bedrohung für den Kommunismus und war davon überzeugt, diese Bewegung stoppen zu müssen, da sie sonst auf die anderen Staaten des Warschauer Paktes übergreifen und den Kommunismus gänzlich gefährden könnte.

In der Nacht vom 20. auf den 21. August 1968 zeigte der Warschauer Pakt dann seine Reaktion auf die Reformbewegung der Tschechoslowakei. Mit Panzern fuhren sie in das Land ein und besetzten gewaltvoll und skrupellos die grossen Städte.
Das Volk war entsetzt, aufgebracht und wollte sich gegen diese unerhörte Tat wehren. Dubček rief es jedoch dazu auf, Ruhe zu

bewahren und teilte mit, dass die Tschechoslowakei nicht kämpfen würde.

Die Bevölkerung war empört. Warum sollten sie ihr Land nicht verteidigen dürfen?

Die ganze tschechoslowakische Regierung wurde nach Russland deportiert und erst nach Tagen von Verhandlungen und Ungewissheit wieder freigelassen und als Verhandlungspartner anerkannt.

Auf gut tschechisch hiess das, dass die Regierung der CSSR verloren hatte und klein beigeben musste. Die Sowjetunion blieb im Land und hatte damit wieder das Sagen.

Mein Vater und meine Tante, gemeinsam mit dem Grossvater, verbrachten während des Einmarsches Ferien auf der Chata. Oma und Opa machten sich riesige Sorgen und machten sich so gleich auf, sie nach Hause zu holen.

Wieder in Hradec Kralové, erfuhren sie, dass Opas Mutter einen Unfall hatte und mit einem gebrochenen Bein in Prag im Spital lag. Sie durfte jedoch wieder nach Hause geholt werden. Deshalb fuhr Opa hin und als er mit ihr zurückkehrte, hatte er einige erschreckende Dinge zu berichten.

In der ganzen Hauptstadt standen Panzer bereit, mit der Order loszufeuern. Junge, nervöse Soldaten waren um die grossen, eisernen Gefährte versammelt. Die Situation war angespannt. Wutentbrannte Anwohner bewarfen die Uniformierten mit Eiern und Tomaten und mehrere Tschechen waren bereits erschossen worden.

Trotz aller Aufregung aufgrund dieser prekären Lage fing am Montag, dem 2. September, die Schule wieder an und der Alltag kehrte wohl oder übel in die Haushalte und auch zu Familie Lebeda zurück. Die Einweihungsfeier der Schule begann mit Worten wie „mit der Sowjetunion auf ewige Zeiten." Die Stimmung war gedrückt. Dies war kein erfreulicher Start ins neue Schuljahr.

An diesem Tag sassen Oma und Opa spätabends noch zusammen und besprachen die momentane Situation. Durch das Radio empfingen sie eine störungsfreie tschechische Nachricht aus München, die besagte, dass die Schweiz ihre Grenzen für die tschechoslowakischen Flüchtlinge geöffnet hätte. Das kostenlose Visum bekäme man in Wien an der Mariahilferstrasse.

Meine Grosseltern sahen sich nur an und nickten stumm. Dies war die Lösung, das Zeichen, auf das sie unbewusst gewartet hatten.

Nie hatten sie vorgehabt, ihr Land zu verlassen und nie hatten sie sich vorstellen können, gar aus ihm fliehen zu müssen. Aber die Lage hatte sich geändert und für Oma und Opa war klar, dass sie ihren Kindern eine ruhige und sichere Zukunft garantieren wollten, und diese war im Moment nicht in der Tschechoslowakei zu finden. Sie beide wussten, die Schweiz hatte seit fünfhundert Jahren keinen Krieg mehr geführt und dieser Grund sowie die Nachricht der offenen Grenzen genügten, dass die Entscheidung feststand.

Ich sah vom Laptop auf, liess die gerade eben gelesenen Szenen noch einmal Revue passieren und versetzte sie automatisch in unser Zeitalter, um mir die ganze Situation einigermassen anschaulich und verständlich zu machen.

Ich würde also am Morgen aufstehen und die Meldung erfahren, dass Panzer unsere Städte Zürich, Bern, Basel, Luzern und Genf besetzten. Wenn ich auf die Strasse ginge, sähe ich fremde Panzer vorbeirollen und in den Nachrichten des Tages war nicht selten von Ausschreitungen, Toten und Verletzten zu hören. Eine schreckliche Vorstellung.

Von einem Tag auf den anderen würde man sich in seinem Land, in seiner Heimat, in der man geglaubt hatte, man lebe ein einigermassen ruhiges und sicheres Leben, völlig schutzlos und ausgeliefert fühlen.

Ich konnte Omas und Opas Entscheid gänzlich verstehen, und trotzdem wäre es das Schlimmste für mich, in meinem Falle die Schweiz verlassen zu müssen.

Doch Oma und Opa waren sich ihrer Sache sicher. Und dann ging alles Schlag auf Schlag.

Niemand durfte von ihrem Vorhaben wissen. Deshalb verbrachten die Kinder und Eltern noch die Zeit bis zum letzten Tag in der Schule und bei der Arbeit.

Sie verabschiedeten sich von ihrer Familie, erklärten, dass wenn einer fragte, sie nach Nordböhmen zu einer Hochzeit fahren würden. Danach wurde das Nötigste gepackt und in ihren kleine Skoda Felicia gestopft:

„Unser neunjähriger Wagen Skoda Felicia war ein Sportwagen. Hinten nur kleine, enge Notsitze. Wir haben für die Kinder hinten auf der Bank aus Decken, und Mänteln ein richtiges Bett gemacht. Der Koffer war nicht zu gross und wir hatten auch nicht viel mit. Etwas zum Essen, vier Luftmatratzen und etwas zum Anziehen. Unter den Füssen der Kinder waren aber Tschechische Schulbücher und unter den Teppichen unter unseren Füssen unser ganzes Bargeld. Ca. 2'500 Tschechische Kronen, damals ein Monatsgehalt von Stana."

Um 22.00 Uhr nachts kamen sie am Freitag, dem 6.9.1968, an der slowakisch-ungarischen Grenze an. Auf die Frage, wohin sie fahren wollten, antworteten sie dem Zöllner, dass sie Freunde besuchen würden.

„Dann gute Reise", erwiderte er nur.

Sie konnten es kaum glauben: Nun waren sie frei.

Leider hielt diese Freiheitsfreude nicht lange an, denn das Auto hatte seinen Geist aufgegeben.

Zuerst konnte Opa den Schaden mit einigen geübten Handgriffen noch einigermassen in Grenzen halten und sie setzten ihre Reise, zwar nur mit Tempo 30, aber immerhin fort.

In Österreich erhielten sie ihr Visum für die Schweiz und fanden bei einer sehr netten Familie Unterschlupf.

Das Auto quittierte seinen Dienst danach jedoch ganz und sie mussten zurück fahren, damit Opa es wieder in Stand setzen konnte.

Das bedeutete „zurück auf Feld eins". Die Kinder wieder in die Schule, die Eltern zur Arbeit, damit auch ja niemand Verdacht schöpfte.

Der zweite Fluchtversuch verlief dann deutlich geplanter, und auch beim Thema Packen hatte Oma dieses Mal an mehr gedacht:

„Diesmal waren wir schlauer. Ich habe meinen Pelzmantel, Wintermäntel für Stana und die Kinder eingepackt, wieder die 4 Luftmatratzen, unser Transistorradio Sputnik, damals in der Tschechoslowakei der grösste Hit, Magnetofon mit bespielten Spulen, meine elektrische Koffernähmaschine und mein Bügeleisen. Eine grosse Kristallglasvase, unsere Ersparnisse unter dem Teppich im Auto, etwas zum Essen und Trinken und wir sind bereit gewesen.
Diesmal war die ganze Familie an der Grippe erkrankt, so haben wir uns entschuldigt."

Ein Radio und eine Nähmaschine in diesem kleinen Auto, welches eigentlich schon für vier Personen zu klein war? Ein bisschen zu viel des Guten, nicht, Oma?
Ich versuchte mir die ganze Situation so bildlich wie möglich vorzustellen, doch ich musste mir eingestehen, dass es kaum gelang. Dies ist einfach unvorstellbar.

Am Donnerstagabend des 26. Septembers 1968, also genau zwanzig Tage nach dem ersten Fluchtversuch brachen sie ein zweites Mal auf. Sie nahmen dieselbe Strecke über Bratislava an die ungarische Grenze, danach über Ungarn nach Jugoslawien und nach Wien.
Ihr Visum für die Schweiz war noch immer gültig, jedoch fehlte ihnen jenes von Österreich. Das hiess, sie mussten zurück nach Ljubljana fahren, und sich zuerst das österreichische Visum organisieren. Was für ein Drama.
In Wien wurden sie wieder von derselben Familie aufgenommen und konnten dort die Nacht verbringen. Die Familie unterstützte sie zudem finanziell und gab ihnen einige hundert Schilling auf den Weg mit, denn meine Grosseltern kamen mit ihren 2'500 tschechischen Kronen nirgendwo hin. Die Familie sagte, wenn meine Grosseltern in der

Schweiz angekommen seien und es ihnen finanziell gut ginge, könnten sie ihnen das Geld wieder zurückzahlen.

Ich weiss, dass Opa dies auch tatsächlich getan und dass es für ihn viel mehr bedeutet hatte, als einfach nur 300 Schilling zurück zu zahlen. Es war beinahe ein symbolischer Akt, der zeigte, dass es meine Familie tatsächlich geschafft hatte und sich in der Schweiz ein neues Leben aufbauen konnte.

Am nächsten Tag liessen sie die österreichische Hauptstadt jedoch endlich hinter sich. Alle Visen waren im Sack und Familie Lebeda begab sich auf den Weg in die Schweiz.

Und dann meldete sich wieder einmal ihr Auto. Wie konnte es auch anders sein? Oma wurde langsam wütend und verkündete, dass Opa gefälligst was unternehmen sollte und zwar schnell, und noch einmal umzukehren wäre keine Option. Sie ginge auf keinen Fall noch einmal zurück. Lieber würde sie zu Fuss die Schweizer Grenze überqueren.

Das eigentliche Problem war jedoch, dass es über Pässe und durch Täler ging und dafür der kleine Wagen einfach nicht gemacht war. Er fuhr keinen Zentimeter mehr weiter, als die Strassen nach Innsbruck anstiegen und sie schliesslich am Arlbergpass standen. Der Skoda rollte nur noch rückwärts. Meine Grosseltern waren ratlos, doch dann kam Hilfe:

„Da kommt ein kleiner Wagen – Citroen 2CV – die Ente genannt, mit Zürcher Nummer bei uns vorbei. Bremst und kommt zurück.
Ein junges Paar steigt aus und kommt auf uns zu.
„Haben Sie Panne gehabt?" fragen sie.
Stana probiert mit allen Mitteln ihnen zu erklären, dass wir nur mit zwei Zylindern fahren. Die beiden wundern sich.
„Wir fahren auch nur mit zwei Zylindern."
„ Ja das schon, aber wir fahren normalerweise mit vier Zylindern."
„Wohin wollen Sie denn?" „In die Schweiz."
„Haben Sie ein Abschleppseil mit?"
„Ja, das haben wir."

„Gut, holen Sie es und wir ziehen Sie nach oben."
Wir sind froh, Stana holt das Seil und sie probieren uns zu ziehen. Aber
ihr Wagen ist leicht und unser sehr schwer. Ich wechsle und sitze nun in
dem Citroen. Der Wagen fährt langsam an und zieht uns nach oben.
Endlich sind wir oben auf dem Arlberg. Sie kappen das Seil und sagen,
dass es in die Schweiz nur Berg ab geht und wünschen uns alles Gute.
Dann sind sie weg."

Nach dieser turbulenten Fahrt wurden meine Grosseltern und ihre
Kinder immerhin von einer atemberaubenden Aussicht auf dem Pass
belohnt. Sie spürten, jetzt ginge es nicht mehr lange und sie waren in
der Schweiz.

Und dann kamen sie am 29. September im Auffanglager von Buchs,
einer kleinen Gemeinde im Grenzkanton St.Gallen, an. Völlig erschöpft,
aber überglücklich und erleichtert, dass sie es nun endlich geschafft
hatten.
Der Eingang des Lagers war mit tschechischen Fahnen geschmückt und
sie wurden von in Uniform gekleideten Soldaten herzlich Willkommen
geheissen und sogleich aufgefordert, alles stehen und liegen zu lassen
und sich im grossen Speisesaal erst einmal zu stärken. Im Saal
befanden sich hunderte von Tschechen und Slowaken und meine
Grosseltern wurden sogleich umstellt und mit Fragen gelöchert:
„Woher kommt ihr?"
„Wie seid ihr in die Schweiz gekommen?"
„Wie verlief eure Reise?"
Oma fiel auf, dass einige nur in Badehosen gekleidet vor Ort waren. Sie
schienen direkt von den Ferien eingereist zu sein. Andere erzählten,
dass sie ganz gemütlich mit dem Zug die Grenze passiert hätten und
Oma war erleichtert, als sie hörte, dass es auch einige gab, die eine
genau so abenteuerliche Reise mit dem Auto durch Ungarn, Österreich
und über den Arlbergpass hinter sich hatten.

Ich hatte meine Grosseltern ja bereits als reisefreudig beschrieben und auch in Buchs hielten sie es keinen Tag aus, ohne nicht zuerst die kleine Ortschaft zu erkunden.

Dabei staunten sie nicht schlecht, als hübsche Neuwagen zum Verkauf sich einfach so vor einer Autogarage präsentierten, ohne beschädigt oder gestohlen zu werden. In der Tschechoslowakei wäre so etwas undenkbar gewesen.

Jeden Tag kamen neue Flüchtlinge ins Lager und jeden Tag mussten auch wieder welche gehen, also sozusagen im Land weiter verteilt werden, da die Kapazität in der Auffangstation für alle Flüchtlinge zu klein war. Deshalb wurden sie vor eine grosse Landeskarte gestellt und nun galt es, eine Region, den Kanton und eine Ortschaft auszusuchen, in der sie in Zukunft leben wollten.

Doch meine Grosseltern kannten doch die Schweiz nicht. Ihnen waren die grossen Städte wie Zürich, Bern und Genf bekannt und sie wussten, dass man in Genf französisch sprach.

Dass es auch einen italienischsprachigen Teil in der Schweiz gab, von dem hörten sie das erste Mal. Aber ich finde, man konnte ihnen auch keinen Vorwurf machen. Ich meine, wer kennt schon solche völlig abgelegenen Landgemeinden wie Stettfurt, wo ich gross wurde oder Bettwiesen und Bronschhofen, die künftigen Wohnorte meiner Grosseltern? Niemand kannte die und deshalb war es eher eine, „Ich halt mir mal die Augen zu und tippe mit dem Finger irgendwo drauf"- Aktion als ein bewusstes Auswählen einer Ortschaft.

Sie entschieden sich für eine Gemeinde in der Deutschschweiz, da sie fanden, sie würden wohl mehr Mühe haben, die französische Sprache zu lernen, als die deutsche.

Angeführt von einem Schweizer Armeefahrzeug fuhren darauf zehn tschechische Autos in einer wirklich mustergültigen Kolonne Richtung St. Margrethen. Das Ende der Karawane bildete wiederum ein Armeefahrzeug. Es musste herrlich ausgesehen haben und nur zu gern wäre ich Zeugin dieses kleinen Road Trips gewesen.

In St. Margarethen wurden die Neuankömmlinge, dreissig Personen an der Zahl, auf zwei Hotels in der Stadt verteilt. Meine Grosseltern, Paps und Zora kamen in ein Hotel namens Ochsen.
In diesem Hotel wurden sie zum ersten Mal zu ihrer Flucht und auch zu ihrem ganzen bisherigen Leben und Werdegang befragt. Die Befragenden wollten alles wissen, das Alter, den Beruf, den Namen der Schule, auf welche die Kinder gegangen sind, den ehemaligen Wohnort, die Art ihrer Behausung, ob sie diverse Krankheiten oder andere Leiden hatten und, und, und.
Nach den Befragungen versprach man Opa, dass man sich für ihn um eine gute Stelle bemühen würde, denn sein Beruf des Radio- und Fernsehtechnikers sei sehr gesucht und Oma bräuchte sich um keine Arbeitsstelle zu bemühen, da sie mit zwei kleinen Kindern sowieso zuhause blieb. Für Oma war dies weder ganz verständlich, noch äusserst erfreulich, da sie sehr gerne arbeitete und zusätzlich ein wenig Geld nach Hause brachte, doch sie widersprach nicht, da sie annahm, dass dies in der Schweiz so Sitte war, dass die Frau nicht arbeiten ging.
Im Hotel bekamen Oma und Opa auch ihre ersten Lektionen Deutschunterricht.

Einige Tage später wurde Opa bereits zu einem ersten Vorstellungsgespräch nach Wil aufgefordert.
Ausgerüstet mit einem Wörterbuch brachen meine Grosseltern nach Wil auf, während die Kinder in St. Margrethen blieben. Sie wurden von Opas zukünftigem Arbeitgeber begrüsst und zum Essen ausgeführt. Er fragte sie, wie es mit ihrer neuen Bleibe denn aussähe und erfuhr, dass sie noch keine Wohnung besässen. Sogleich schlug er ihnen ein Appartment vor, das sich ganz in der Nähe von Wil, in Bettwiesen befand. Zudem hatte er einen Freund, der einige alte Möbel für einen, dem Verhältnis entsprechend günstigen Preis verkaufen wollte.
Noch am selben Nachmittag besichtigten sie die Wohnung und sagten sofort zu. Die Miete betrug damals 300 Franken im Monat für eine Vierzimmerwohnung, und weil sie tschechische Flüchtlinge waren,

überliess man meinen Grosseltern die Wohnung die ersten drei Monate sogar kostenlos.

Opa durfte die Stelle in Wil sofort antreten und als sie an diesem Tag ins Hotel Ochsen zurückkehrten, waren alle begeistert und beglückwünschten die Familie Lebeda.

Nur die Hotelmanagerin war anderer Meinung. Für sie kam es nicht in Frage, dass die junge Familie in eine noch komplett unmöblierte Wohnung zog, vor allem mit zwei kleinen Kindern. Deshalb blieben sie vorerst noch in St. Margrethen und Opa ging von dort aus mit dem Felicia, der zuerst ein tüchtiges Update brauchte, da er ja noch immer nicht mehr als 30 km/h fuhr, nach Wil zur Arbeit.

Oma wurde in dieser Zeit als Näherin im Hotel gebraucht. Die Hotelmanagerin hatte im Dorf eine Sammelaktion gestartet, um Kleider für die Flüchtlinge zu sammeln. Oma hatte ihre Nähmaschine ja aus Tschechien mitgenommen und war daher fleissig beschäftigt, die gespendeten Kleider aus dem Dorf in passende Grössen zu nähen. Einige Kleider legte sie auch für sich und ihre Familie auf die Seite.

Eines Abends kam Opa von der Arbeit nach Hause und fragte, ob die Managerin im Haus sei. Als Oma verneinte, meinte er, sie solle sofort alles packen und einen Abschiedsbrief hinterlassen, sie zögen jetzt in ihre eigene Wohnung.

Gesagt, getan, und als sie in Bettwiesen ankamen, waren sie überglücklich. Endlich konnte ihr neues Leben beginnen.

Von Opas Arbeitgeberfamilie wurden sei weiterhin stark unterstützt, was ihnen den Start in der neuen Heimat sehr erleichterte.

Natürlich blieb es nicht unbemerkt, dass eine neue Familie, dazu noch eine tschechische, mit zwei Kindern nach Bettwiesen gezogen war. Deshalb war es nicht überraschend, als an einem Abend der Lehrer der Primarschule vor der Tür stand. Er lebte auch im Haus und forderte meine Grosseltern auf, die Kinder am kommenden Montag zur Schule zu schicken. Sie waren sofort einverstanden.

Er holte sie am Montagmorgen ab und nahm sie mit zur Schule.

„Das war eine gute Nachricht, nur wir haben uns Sorgen gemacht, wie viel das alles kosten werde? In der Tschechoslowakei haben wir immer gehört, dass die Schulen nur in den sozialistischen Ländern gratis sind, das ist die Errungenschaft des Sozialismus und Kommunismus und im Westen muss man sehr viel Geld für die Schulen zahlen und darum können nicht alle Kinder die Schule besuchen. Wir hatten damals keinen Vergleich, keine anderen Nachrichten und wir haben das auch geglaubt. Uns war es schon klar, dass unsere Kinder eine richtige Ausbildung bekommen müssen und dass wir dafür alles tun werden, aber trotzdem haben wir uns überlegt, wie wir das alles bezahlen werden."

Schon am ersten Schultag brachte mein Vater Hausaufgaben nach Hause. Das erste Semester war bereits um, und dies bedeutete, dass die schweizerischen Erstklässler schon schreiben und lesen konnten. Paps hatte die Aufgabe, einige tschechische Wörter ins Deutsche zu übersetzen, doch dies konnte er nicht, da er selbst weder die Sprache noch das Lesen und Schreiben beherrschte.
In der Tschechoslowakei war es damals strengstens verboten schon im Kindergarten mit dem Lesen und Schreiben zu beginnen. Man sagte, wenn die Kinder schon so früh damit beginnen würden, hätten sie in der Schule kein Interesse mehr daran und würden nichts mehr lernen wollen.
Mein Vater war, und ist es heute immer noch, genauso wie ich, Linkshänder. In seinem Vaterland hatte man ihm die Hand einbandagiert, damit er lernte, alles nur noch mit der rechten Hand zu greifen, wie es die „normalen" Menschen tun, damit alle gleich waren. Kommunismus pur, eben.
Als Oma die Lehrerin ihres Sohnes bei einem Schulbesuch darauf ansprach, sagte sie nur, dass sie sich keine Sorgen machen müsste, das würde alles gut gehen und ihr Sohn dürfte selbstverständlich seine

linke Hand benützen und auch das Schreiben und Lesen werde er noch erlernen.

Zora war direkt in die 3. Klasse eingetreten und hatte von Anfang an keine Probleme mit der Integration gehabt. Sie erlernte schnell die deutsche Sprache und brachte schon früh Freundinnen nach Hause. Trotzdem war meinen Grosseltern bewusst, dass die Kinder das erste Schuljahr zu wiederholen hätten. Daher waren sie umso überraschter, als sie erfuhren, dass beide ihrer Kinder den Eintritt ins nächste Schuljahr geschafft hatten.

Sie waren sehr erleichtert, dass die Flucht aus der Heimat keine negativen Auswirkungen auf sie hatte.

Als der Alltag wirklich eingekehrt war und die Kinder einen geregelten Schulalltag hatten, kam die Frage auf, ob Oma nicht auch wieder arbeiten sollte. Sie hatte die Arbeit immer geliebt und den finanziellen Zuschuss konnten sie auf jeden Fall gebrauchen. Sie bekam eine Anstellung in einer „Verzinkerei", zusammen mit einem Haufen Italienerinnen und Italienern. Die Arbeit war leicht, doch es machte ihr Freude und das Schönste war, dass sie dazu singen durfte.

Sie lernte jedoch so kein einziges Wort Deutsch, und weil ihr das ein grosses Anliegen war und sie eigentlich irgendwann wieder im Büro arbeiten wollte, begann sie sich zuhause das schwierig zu lernende Deutsch selbst beizubringen.

Und beide Ziele hatte sie schlussendlich auch erreicht. Sie erhielt wieder eine Stelle in einem Verwaltungsbüro und beherrscht heute Deutsch fliessend.

Die Zeit verging und bald stand die Adventszeit vor der Tür:

„Inzwischen haben unsere Kinder den ersten St.Nikolaus gefeiert, das alles hat Trudi organisiert, ich habe meinen ersten „Grittibänz" gebacken und in jeder freien Minute sind wir in den Geschäften unterwegs gewesen und haben das Angebot bewundert. Für uns war es überwältigend. Stana konnte stundenlang in der Abteilung für

Werkzeuge und Zubehör verbringen. Bei uns konnte man nur zwei Sorten Nägel kaufen, kurz und lang. Hier haben wir feststellen müssen, dass es unzählige Sorten Nägel gibt. Bei den Werkzeugen das gleiche. Wir mussten mit Wehmut an unser Haus „Na pustine" denken, wo wir das alles dringend gebraucht hätten und es gab nichts zu kaufen. Und dort hatten wir noch Glück mit den Nachbarn gehabt, die uns alles was wir gebraucht haben, beschafft haben.

Weihnachten kam immer näher und ich habe mit der Weihnachtsbäckerei angefangen.
In der Tschechoslowakei habe ich jedes Jahr bis zu 12 Sorten gebacken. Aber hier in der Schweiz habe ich mir gesagt, dass 6 Sorten sicher genug sein werden. Voller Eifer habe ich die Teige gemacht. Nur diesmal hatte ich richtige Mandeln und Nüsse und richtige Schokolade gehabt. Ich habe mich schon gefreut, wie gut das alles wird. Dann kam die Enttäuschung. Ich konnte keinen einzigen Teig auswallen. Alles hat gebröckelt. Ich war wütend, warum? Ich hatte immer eine so schöne Weihnachtsbäckerei gehabt. Aber Trudi hat gesagt, dass es ganz klar ist. Hier ist die Butter anders und statt geröstete Flocken habe ich richtige Mandeln und Nüsse gehabt. Ich müsse nächsten Mal nach schweizerischen Rezepten Teige machen oder die tschechischen Rezepte anpassen. Alles gut, aber was mache ich jetzt? Ich habe die Teige wieder zusammen gefügt, Rollen geformt in den Kühlschrank gegeben und als sie richtig gekühlt waren, habe ich einfach die Rollen in Schnitte geschnitten und gebacken. Schön sah es nicht aus, aber gut sind sie doch gewesen."

Natürlich wollten sie ihre Traditionen auch in der Schweiz nicht vernachlässigen und deshalb sollte es an Heilig Abend Fischsuppe, Kartoffelsalat und einen gebackenen Karpfen geben.
Doch woher bekam man in der Schweiz nur einen Karpfen?
In der Tschechoslowakei standen sie in dieser Jahreszeit fässerweise am Strassenrand. Hier konnte auch Trudi, ihre Nachbarin, nicht weiterhelfen.

Deshalb blieb für Oma nur eines übrig; sie improvisierte. Statt Fisch-gab es in diesem Jahr Erbsensuppe und der Karpfen wurde durch ein normales paniertes Fischfilet ersetzt.
In den Folgejahren wusste sie jedoch, woher sie Karpfen bekam und konnte wieder das alt bekannte Weihnachtsgericht zubereiten.

***

Im Frühling 1969 erhielten meine Grosseltern, Paps und Zora politisches Asyl. Eine grosse Sache, denn endlich konnten sie ihre eigenen, richtigen Schweizer Pässe in der Hand halten, und jeder war stolz, dass sich neben seinem Namen ein Schweizerkreuz befand.
Natürlich mussten die Pässe dennoch auf ihre Echtheit geprüft werden. Deshalb fuhr die ganze Familie nach Konstanz und überquerte gefühlte hundert Mal den Zoll, nur damit sie jedes Mal von neuem durchge-winkt wurden. Ein unheimlich gutes Gefühl.

Natürlich kamen ihre Eltern wie auch Omas Schwester und ihr Mann, sie kamen 1980 in die Schweiz und leben heute noch hier, ein paar Mal zu Besuch und gemeinsam unternahmen sie zahlreiche Ausflüge, und Oma und Opa zeigten ihnen jeweils mit Stolz ihr nun neues Zuhause.
Dass die Besuche überhaupt möglich waren, lag daran, dass die Grenzen der Tschechoslowakei zu diesem Zeitpunkt offen standen, denn die Regierung hoffte, die einstigen Flüchtlinge kämen so ins Vaterland zurück.
Etwas später erhielten meine Grosseltern auch ein Angebot vom tschechoslowakischen Konsulat, das besagte, dass sie, wenn sie bis Ende September wieder ins Land einreisten, ihre Wohnung wie auch den Job zurück bekämen und kein Verfahren gegen sie eingeleitet werden würde.
Oma und Opa schüttelten nur den Kopf und Ende September schloss die Tschechoslowakei ihre Grenzen wieder.

1989 kam jedoch die Wende und plötzlich durften nun alle wieder in die alte Heimat zurückreisen. Es war schön, die Verwandten und Freunde wieder zu sehen, doch es bestätigte meinen Grosseltern auch, dass ihre Heimat nun die Schweiz war und sie es noch immer keinen Tag bereut hatten, diesen Schritt gewagt zu haben.

Omas Vater war glücklich, die Wende noch erlebt zu haben, aber als er und später auch seine Frau starben, brach jede feste Verbindung zur Tschechoslowakei ab. Heute ist Oma trotzdem noch regelmässig in Tschechien und besucht ihre Freunde und einige entfernte Verwandte, zu denen sie noch Kontakt hat.

Als Opa dann 1998 65 Jahre alt wurde, erlitt er einen Hirnschlag. Er kam nach Wil ins Spital und musste danach regelmässig in eine Rehabilitationsklinik. Doch es ging nicht voran. Er hatte Mühe, sich selbständig anzuziehen, sich fortzubewegen, zu sprechen und zu essen. Es war furchtbar. Wo war der Mann mit den geschickten Händen, der alles wieder in Stand setzen konnte, nur geblieben? Er zog sich immer mehr zurück, weil ihm diese Unfähigkeit sehr zusetzte.

Ich merkte, wie mir erste Tränen über meine Wangen liefen.
Die Sätze, die ich nun las, hatten nicht mehr viel mit dem humorerfüllten und spannend geschriebenen Roman zu tun, den ich an diesem Abend begonnen hatte. Omas Worte waren ernst, ihre Sätze kurz gefasst und auf Distanz geschrieben, fast so, als würde sie selbst Abstand zum Geschehenen halten wollen. Trotzdem merkte ich, wie es ihr, auch nach all den Jahren, erneut wehtat darüber bewusst nachzudenken und die Worte auf Papier zu bringen. In jedem der schwarzen Symbole steckte noch immer tiefe Trauer und ein Verlust, den man nie aufheben konnte.
Ich versuchte, mich zusammenzureissen und setzte mich noch einmal aufrechter hin. Warum berührte mich dies alles überhaupt so? Ich kannte diesen Mann doch kaum. Ich wusste doch selbst gar nicht, wie

Opa war. Warum spürte ich trotzdem einen so dicken Kloss im Hals, und warum nagten an mir plötzlich Schuldgefühle und Selbstzweifel? Als ich nun zum ersten Mal meinen eigenen Namen auf dem Bildschirm erblickte und Oma davon schrieb, dass ich im Jahr 2000 zur Welt kam und Opa meine Taufe vor seinem Tod noch erlebte, konnte ich meine Tränen gänzlich nicht mehr zurück halten. Tiefe Schluchzer durchschüttelten mich und auf dem Bildschirm verschwamm alles vor meinen Augen. Ich musste hochblicken, fächerte mir Luft zu, tastete nach einem Taschentuch und versuchte mich zu beruhigen.

Was als aufregende Geschichte begonnen hatte, die spannender nicht sein konnte und nur so sprühte von Abenteuerlust, Freiheitsgefühl und gespickt war mit unzähligen Schwierigkeiten, die aber allesamt irgendwie gelöst werden konnten, endete mit einer solchen Schwierigkeit, der selbst Oma und Opa nicht mehr gewachsen waren. Für ein erstes Mal waren sie beide machtlos. Sie, die vor nichts halt gemacht, die immer eine Lösung gefunden und nie aufgegeben hatten, konnten für dieses eine Mal nichts mehr bewirken und nur hoffnungslos daneben stehen:

„Er hat immer gesagt, Freitag sei sein Glückstag, wir haben auch an einem Freitag geheiratet. Und jetzt am Freitag, 27. Oktober 2000 ist er gestorben. Die Kinder und ich sind bei ihm gewesen. Die Woche danach, am 3. November war die Beerdigung.

Ich kam mir total verloren vor, wir sind 43 Jahre lang verheiratet gewesen, wir haben alles zusammen durchgemacht, die guten, auch die schlechten Zeiten und plötzlich war ich allein. Nur meine Kinder, Enkelkinder und Freunde haben dafür gesorgt, dass ich nie einsam war. Im Juli 2001 kam meine letzte Enkeltochter, Janine zur Welt. Ich habe viel Zeit mit den zwei kleinen verbracht, auch die grösseren kamen gern zu mir zu Besuch oder in die Ferien. Das Leben ohne Stana musste weiter gehen.

Aber Stana lebt in den Kindern und Enkelkindern weiter. Wir alle werden ihn nie vergessen, er bleibt ein Teil von uns.

Das war mein aufregendes Leben mit Stana."

***

Ein weiteres, heftiges Schluchzen durchzuckte meinen Körper. Ich klaubte mir ein weiteres Taschentuch aus der Verpackung und versuchte erneut meine Tränen zu trocknen, die jedoch ungebremst meine zuckenden Wangen hinabliefen und auf meine Decke tropften. Nie hätte ich gedacht, dass Omas Geschichte diesen Lauf nehmen würde. Naiv, ohne jegliche Erwartungen, ohne auch nur einen Moment lang über das mögliche Ende nachzudenken, hatte ich mich an ihre Lebensgeschichte gesetzt und nun sass ich da, auf meinem Bett, eines der Plüschtiere befand sich zerquetscht zwischen meinem Arm und Oberkörper und heulte mir die Seele aus dem Leib.
Dies alles hatte weder mit einer abenteuerlichen Fluchtgeschichte in Form eines Tagebuchs noch mit einer einfachen Biographie zu tun. Dieser Text, der hier vor mir in schwarz weiss abgedruckt war und vor meinen Augen immer wieder verschwamm, war nichts anderes als eine furchtbar tragisch endende Liebesgeschichte. Die Hauptrolle hatte ein sich über alles liebendes Paar, das sich trotz aller gemeinsam überstandenen Strapazen, die das Leben so mit sich bringt und die durch eine Flucht, die im Kern der Handlung stand, noch verstärkt wurde, am Ende doch scheiden musste.

Es tat mir alles so unendlich leid. Die Schuldgefühle, die mir immer noch unerklärlich waren, breiteten sich immer mehr in mir aus und es schien, als wollten sie mich zerdrücken. Ich fühlte mich schlecht, war enttäuscht und wütend zur selben Zeit. Tausende Gefühle brodelten gerade in meinem Körper und warfen meine Emotionen total aus der Bahn.
Nach einigen Minuten des unkontrollierten Weinens versuchte ich, meine Gedankengänge zu ordnen. Warum hatten wir Zuhause nie über Opa gesprochen? Warum wurde er immer nur so oberflächlich erwähnt? So hatte ich doch gar nie eine Chance eine Bindung zu ihm aufzubauen, auch wenn er schon tot war. Wollte man dies bewusst

nicht und wenn ja, warum nicht? Warum durfte man über tote Leute nicht sprechen? Warum begann man sie einfach zu vergessen?

Als Kind wäre es mir nämlich nie in den Sinn gekommen, dass Oma je unglücklich sein würde und dass sie vielleicht noch immer mit diesem Verlust zu kämpfen hatte. Sie hatte ein unglaubliches Leben und führt es auch heute noch. Ich kannte keinen lebensfroheren und energiegeladeneren Menschen, der so viel und herzlich lachte wie meine Oma.

War ich selbst zu unsensibel gewesen, da ich mich zu wenig für meinen Grossvater interessiert hatte und somit auch nie bemerkt hatte, welch riesiger Verlust dies für meine Familie gewesen ist, ihn zu verlieren?

Ich fühlte mich mies, da ich erst jetzt zu begreifen begann, dass ich meinen Grossvater gar nie richtig kennengelernt, ihn aber auch nie gross vermisst hatte. Ich hatte keinerlei Erinnerungen an ihn, ausser diesen stets gleichen Fotos, die man uns von ihm gezeigt hatte.

In diesem Moment wünschte ich mir jedoch nichts sehnlicher, als ihn bei mir zu haben, ihn so zu kennen, wie ihn meine Oma, mein Vater und seine Schwester gekannt hatten.

Wie wäre er wohl gewesen? Was hätte er mit uns Enkelkindern unternommen? Wie ähnlich waren er und Paps sich gewesen?

Mit diesen Fragen im Kopf und ein paar weiteren Tränen, die mein Kissen noch durchtränkten, schlief ich schliesslich ein.

***

Auch noch Tage und Wochen nach dem Lesen von Omas Geschichte trieben mir Gedanken daran immer wieder die Tränen in die Augen. Es passierte einfach, und ich konnte nichts dagegen tun. Das Gelesene ging mir einfach alles noch zu nahe. Oftmals wurde ich im Zug von aufkommender Trauer übermannt, denn Faktoren wie allein unterwegs sein und das Anhören von trauriger, melancholischer Liebesmusik, die mir meine Kopfhörer in die Ohren spielten, unterstützten, dass es so weit kam. Ich versuchte dann jeweils angestrengt meine Tränen zu verdecken, in dem ich wie gebannt aus dem Fenster schaute, um so den Eindruck zu vermitteln, als würde ich aktiv die Landschaft betrachten. In echt zogen die Felder, Bäume und Häuser einfach wie ein Schleier an mir vorbei, denn meine Gedanken waren ganz woanders.

Sie versuchten, Omas Schilderungen im Text richtig einzuordnen und in eine korrekte Reihenfolge zu bringen. Hunderte Bilder begannen in meinem Kopf aufzutauchen und versuchten die Erzählungen bildlich darzustellen. Ich begann ganze Szenen nachzudenken, mir Personen und Omas Erlebnisse aktiv vorzustellen, um alles genau nachvollziehen zu können.

Die Bilder waren jedoch allesamt unscharf und nicht vollständig. Ausserdem war es nicht garantiert, dass sie überhaupt mit der Realität übereinstimmten. Es ärgerte mich, dass ich nicht in der Lage war, diese Bildlücken zu füllen, sie mit reellen Aufnahmen decken zu können. Ich wollte so nah wie möglich an dieser Geschichte, an diesen Erlebnissen meiner Grosseltern und vor allem so nahe wie möglich an Opa sein.

Wie konnte ich diesen Verlust, ihn nie richtig gekannt zu haben, nur wieder aufholen?

Noch so vieles war ungeklärt und Fragen über Fragen brachten mein Gehirn beinahe zum Platzen.

Zu Beginn war es nur ein scheuer Gedanke gewesen, der in mir ein wenig die Abenteuerlust weckte, jedoch nicht wirklich ernst gemeint war. Um abschätzen zu können, welche Wirkung meine Idee, die mir über Nacht kam, auf meine Eltern hatte, warf ich sie eines Abends ganz spontan in den Raum:

„Was würdet ihr davon halten, wenn ich Oma fragen würde, ob sie mit mir nach Prag reisen möchte?"

Kurze Stille im Raum.

„Nach Prag?", fragte meine Mutter.

„Ja, nach Prag. Ich möchte die Bilder in meinem Kopf bestätigt oder berichtigt haben. Ich möchte selbst an den Orten des Geschehenen sein und mit eigenen Augen sehen, was damals alles passiert ist."

„Was meinst du denn mit damals?", hakte meine Schwester nach.

„Beim Prager Frühling. Ihr habt doch sicher gemerkt, dass mich dieses ganze Thema seit einiger Zeit ziemlich interessiert und ausserdem wäre es eine wunderbare Gelegenheit, für einmal wieder mehr Zeit mit Oma zu verbringen. Du könntest auch mitkommen, Janine, wenn du möchtest."

Wieder kurzes Schweigen. Mein Vater kaute seinen Bissen zu Ende, legte das Besteck ab und meinte:

„Klingt nach einer guten Idee. Du musst dich einfach über die Kosten informieren und dafür aufkommen. Ausserdem musst du Oma fragen, ob sie wirklich dabei ist und ihr müsst euch überlegen, wie ihr nach Prag kommen wollt. Am besten besprecht ihr beide das bei einem Treffen."

„Ja, klar, das mache ich", kam es meinerseits wie aus der Pistole geschossen.

„Wann hast du denn vor, nach Prag zu gehen?"

Ich schaute meine Mutter an:

„Ich dachte an Auffahrt. Dann habe ich vier Tage frei, die gut reichen könnten für einen Städtebesuch. Aber ich werde auch dies mit Oma noch besprechen."

„Ja, aber dann kann ich nicht", kam es von meiner Schwester, „weil ich samstags arbeiten muss."

„Gut, aber darauf kann ich keine Rücksicht nehmen, aber wir sehen es ja dann. Noch ist nichts entschieden."

„Genau", bestätigte meine Mutter und nickte, „zuerst solltest du einmal Oma fragen, ob sie dabei wäre."

„Wie wäre es für euch?"

„Für uns ist's okay."

Buchty

Ich gehöre zu den Menschen, die wirklich wenig krank sind. Es mag daran liegen, dass ich ein starkes Immunsystem habe, vielleicht habe ich auch einfach Glück. Meiner Ansicht nach habe ich einfach keine Zeit krank zu sein. Das heisst, wenn ich dann doch einmal krank bin, ist es entweder am Wochenende oder, wie könnte es auch anders sein, während den Ferien.

Dieses Jahr hatten wir in der Schule mit einer schweren Magendarm-krankheit zu kämpfen, die durch das gefürchtete „Noro-Virus" ausgelöst worden war.

Mindestens einen ganzen Monat war das alte Klostergebäude davon betroffen.

Das Virus folgte dem Motto „kurz aber heftig". Wer also angesteckt wurde, beförderte innerhalb eines Tages seinen ganzen Körperinhalt nach draussen, jedoch war es nach ungefähr vierundzwanzig Stunden auch schon wieder vorbei. Weil der „Norovirus", dieses fiese Ding, noch zusätzlich hochansteckend war, musste man mindestens weitere vierundzwanzig Stunden nach dem letzten Auftreten der Symptome zu Hause bleiben.

Die ganze Schule, Lehrer wie Schüler, war betroffen. Zuerst nur vereinzelt, danach waren an einigen Tagen von einer Klasse mit zwanzig Schülern nur noch acht anwesend.

Seinen Höhepunkt feierte das Virus an einem Freitag. An diesem zweiten März, ein recht sonniger Tag, so weit ich mich erinnern mag, lagen knapp 200 Leute des Seminars im Bett, krank im Bett.

Leider hatte es auch mich dieses Mal erwischt, obwohl ich fest davon überzeugt war, dass das Virus an mir abprallen würde, wie ein Tennisball am Schläger. In meinem Fall schoss der Ball jedoch direkt durch den Schläger hindurch. Der Inhalt meines Magens wurde am frühen Morgen nach aussen befördert. Glücklicherweise traf es mich nicht so stark, denn es gab keinen weiteren Zeitpunkt bei dem ich mich übergeben musste.

Trotzdem fühlte ich mich den ganzen Tag zu nichts fähig, mochte nichts essen oder trinken.

Natürlich wurde ich sofort nach Hause geschickt, da man weitere Ansteckungen möglichst vermeiden wollte.

Es war mir ziemlich gleich, dass ich diesen Freitag verpassen würde. Mit mir fehlten noch mindestens zehn andere aus meiner Klasse und so konnte ich nicht sehr viel Relevantes verpassen, da die Lehrpersonen den Unterricht sowieso den Verhältnissen anpassen mussten.

Was mich beunruhigte, war, dass ich auf den nächsten Tag ein Treffen mit Oma abgemacht hatte. Es war das einzige Wochenende, an dem ich für sie Zeit gefunden hatte, und es war mir unglaublich wichtig, sie zu treffen. Es ging nämlich darum, unsere bevorstehende Reise nach Prag zu planen. Ja, die anfängliche Idee hatte sich wirklich als realisierbarer Plan entpuppt, und Oma war sofort Feuer und Flamme, als ich sie darin einweihte.

Ach, ich war so aufgeregt und freute mich jetzt schon riesig auf diesen Trip mit meiner Grossmutter. Nur wir beide, zu zweit, Janine war es aufgrund der Arbeit definitiv nicht möglich mitzukommen, ein ganzes Wochenende in ihrer Stadt.

Doch wir konnten die Reise nur gemeinsam planen, wenn ich auch zu diesem Treffen gehen konnte. Ich musste einfach, ich konnte dieses Treffen doch nicht verpassen, Oma hatte sich auch schon so gefreut.

Den ganzen Freitag und Samstagmorgen kämpfte ich mit den Gedanken, sie anzurufen und das Treffen abzusagen. Eigentlich war der Fall eindeutig. Ich war immer noch hochansteckend. Aber ich fühlte mich wieder sehr gut, hatte wieder Appetit und war auch zu einer Zugreise bereit.

So schob ich den Gendanken vor mir her, bis es Mittag war und somit sowieso zu spät, noch abzusagen. Es war ja eigentlich klar, und ich hätte mich auch gleich dazu entscheiden können, dann wäre mir die blöde Grübelei den ganzen Morgen erspart geblieben.

So machte ich mich nach dem Mittagessen auf den Weg zu Oma. Meine wenigen Unterlagen hatte ich dabei und dick eingehüllt in Schal und Winterjacke stieg ich in den Bus.

Während der Fahrt überlegte ich mir, wie ich das Gespräch beginnen konnte. An mir zogen die bereits sehr bekannten gleichen Felder und Wiesen vorbei, dazwischen lagen Dörfer und einzelne Bauernhöfe. Alles habe ich schon hunderte Male gesehen, daher waren meine Gedanken immer ganz woanders.

Lag es an mir, das Gespräch zu beginnen? Ja sicher, an wem sonst. Ich war ja diejenige mit der Bitte. Was sollte ich sagen? Was wollte ich überhaupt in Prag? War Oma auch dazu bereit mit mir bis dorthin zu fahren und mir ihre Vergangenheit zu zeigen?

Erschreckt und gleichzeitig auch irgendwie erleichtert war ich, als der Zug, den ich nach der Busfahrt bestiegen hatte, anhielt und ich schon fast bei Oma war. Nur noch ein paar wenige Schritte und ich stand vor ihrer Tür. Ich klingelte und wartete, bis mir geöffnet wurde.

Oma hatte wie immer ihr strahlendes Lächeln im Gesicht und begrüsste mich mit einem fröhlichen „Hallo" in deutscher Sprache. Als sie in die Schweiz kam, nahm sie an einem Deutschkurs teil und lernte so fliessend die hochdeutsche Sprache sprechen. Sie hatte jedoch nie schweizerdeutsch gelernt. Trotzdem verstand sie alles, was wir sagten, was ich persönlich ziemlich cool fand.

Als ich Oma ansah, wie sie lachend oben an der Treppe stand und mir schon ihre Arme entgegen streckte, waren alle Sorgen und die ein wenig angestaute Nervosität sofort verschwunden. Es war so schön sie zu sehen. Bei ihr konnte man sich einfach nur wohl fühlen.

Leider musste ich sie sofort darauf hinweisen, dass ich gestern krank gewesen war und somit auf die traditionellen Begrüssungsküsschen verzichtete.

Oma machte einen mitfühlenden Gesichtsausdruck und fügte sogleich hinzu: „Aber Michelle, nun habe ich dir doch extra die „Buchty" gebacken, weil du sie dir doch so gewünscht hast."

„Wirklich?", wenn meine Augen nicht wirklich festgewachsen in meinem Gesicht sässen, wären sie mir wohl in diesem Moment aus den Augenhöhlen gekugelt.

„Du hast wirklich die „Buchty" gemacht?"". Ein Strahlen legte sich über mein Gesicht. Sämtliche flauen Magendarmgrippegefühle waren auf einen Schlag vergessen.

„Natürlich habe ich das", erwiderte Oma lachend. „Du hast sie doch so gern."

„Das ist ja wunderbar, vielen Dank, Oma!"".

Ich grinste breit und plapperte sogleich munter weiter: „Weisst du, insgeheim habe ich mir schon gedacht, dass dies der genau passende Zeitpunkt wäre, die „Buchty" zu backen, da ich sie mir ja wirklich zu Weihnachten gewünscht habe und ich ja nun hier bei dir bin. Ich konnte dich jedoch nicht darauf hinweisen. Das wäre ja irgendwie blöd gewesen und daher wollte ich mich auch nicht zu fest freuen, falls du vielleicht nicht daran gedacht oder keine Zeit dazu gehabt hast..."

„Natürlich habe ich daran gedacht", entrüstete sich Oma lachend, „so etwas vergesse ich doch nicht."

Mit einer einladenden Geste zeigte sie auf den granitsteinernen Küchentisch, auf dem sich neben einer kleinen Blumendekoration ein Teller befand, der prall gefüllt war mit den „Buchty". Mir lief das Wasser im Mund zusammen. „Buchty", auf Deutsch Buchteln, war ein Hefeteiggebäck aus der Region Böhmen. In der tschechischen Republik wurden sie traditionellerweise mit Mohn zubereitet, im Ofen gebacken und zum Schluss mit Puderzucker bestreut. Ich liebte sie einfach. Vor allem den vielen Mohn fand ich ausgezeichnet.

Ich schaute zu Oma und fing ihren ein wenig sorgenvollen Blick ein.

„Keine Sorge", beschwichtigte ich sie sofort und machte mit der Hand eine abweisende Bewegung, die meine Beschwichtigung noch bestärken sollte. „Mir geht's wieder prima und ich freue mich immer noch riesig, dass du sie mir extra gebacken hast. Danke vielmals, Oma."

Ich musste furchtbar ausgesehen haben in diesem Moment. Vermutlich wie eine gierige Hyäne mit grässlicher Fratze, die seit Monaten nichts mehr zwischen den Zähnen hatte und nun nur darauf wartete, sich auf die langersehnte Beute zu stürzen. Oma amüsierte sich prächtig daran und lud mich ein, mir ruhig eine zu nehmen. Dies liess ich mir nicht zweimal sagen. Das Raubtier war losgelassen.

Während ich genüsslich an meiner ersten „Buchty" kaute, erinnerte ich mich daran, warum ich heute eigentlich hier war. Es galt eine Reise zu planen. Mein Blick schweifte vom lecker duftenden Gebäckstück zu Oma, die mir gegenüber Platz genommen hatte. Sie schien meinen ein wenig unsicheren und fragenden Blick sogleich richtig zu interpretieren, denn sie kam unverblümt auf den eigentlichen Punkt zu sprechen: „So, du möchtest also mit mir nach Pragfahren?", begann sie.
Ich nickte.
„Ich habe mir dazu schon einiges überlegt, was ich dir alles zeigen könnte", sprach sie weiter. Ich nickte wieder. Mein Gesichtsausdruck war dabei schon um einiges verblüffter als beim Satz davor. Oma schien dies jedoch nicht zu beeindrucken, denn sie erläuterte mir weiter ihre Gedanken: „Ich kann dir zeigen, wo ich aufgewachsen und zur Schule gegangen bin. Dies ist in Prag selbst. Ich kann dir auch unser erstes Haus zeigen, in dem Stana und ich am Rande der Stadt gelebt hatten, und einen Tag werden wir nach Hradec fahren. Dort wirst du sehen, wo Papa aufgewachsen ist, als kleiner Junge."
Ich konnte wieder nur nicken. Hier wäre wieder der Moment, in dem meine Augen mein Gesicht verlassen hätten.
„An welchem Datum hast du die Reise schon wieder geplant?"
Als ich merkte, dass dies eine aktiv an mich gerichtete Frage war und ich nicht einfach nur nicken und aus lauter Verblüffung bescheuert glotzen konnte, erwachte ich aus meiner Starre.
„Ähm..., welches Datum noch gleich? - Ähm, ich dachte, wir könnten über Auffahrt fahren."
„Ah ja, Auffahrt. Das ist eine gute Idee", nickte Oma. „Wäre es dir jedoch möglich, auch den Montag noch frei zu nehmen, denn dann haben wir einen Tag länger in Prag, und ich kann dir auch noch die „Chata", unser Ferienhaus auf dem Lande, zeigen."
„Ja, ja", nickte ich eifrig, „dies sollte kein Problem sein. Ich werde die Unterschrift für das Gesuch beim Rektor schon kriegen."
„Dann ist ja gut", lachte Oma, „dann werde ich mich um das Hotel und alles kümmern."

Ich halte beim Kauen meiner zweiten Buchty inne und sehe sie ein wenig verdutzt an:

„Aber Oma, ich kann dies schon auch tun, dies ist ja schliesslich meine Arbeit und ...“,

„Nein, nein“, fällt sie mir ins Wort, „lass mich das ruhig machen. Ich werde schon ein gutes Hotel für uns zwei finden, und weil ich die Sprache kann, ist dies für mich auch viel leichter.“

Ihre abweisende Handbewegung signalisierte mir, dass die Sache geklärt war, was mir gerade sehr entgegen kam, um ehrlich zu sein. Ich ass weiter und Oma machte sich bereits einige Notizen auf einem Blatt Papier.

„Hättest du Lust am Abend in ein Theater zu gehen?“

„Aber ich verstehe doch nicht, was sie sagen!“

„Natürlich nicht ein normales Theater, ein Stummtheater. Dies ist für alle Sprachen, da niemand etwas sagt.“

„Oh, ja, das wäre cool. Da komme ich gerne mit.“

Ich lächelte und Oma lächelte zurück.

„Es gibt jeweils auch eine Wassershow mit Lichtern am Abend in der Stadt. Da könnten wir auch hingehen, wenn du möchtest.“

Ich antworte ebenfalls mit ja und gemeinsam erarbeiteten wir ein Konzept zum Besuch von Omas Heimatstadt.

Am Ende dieses Nachmittages hatte ich drei Buchty gegessen, den Rest durfte ich mit nach Hause nehmen, fühlte mich wohler denn je und hatte eine Reise nach Prag mit meiner Oma in der Tasche.

Da frage ich mich: „Was will ich mehr?“

Vielleicht noch eine Buchty zum Abendessen?

Ja, das könnte auf jeden Fall noch drin liegen.

50 Jahre Prager Frühling

Über etwas recherchieren zu müssen, kann oft sehr anstrengend sein. Vor allem in der Schule, weil einen das Thema eigentlich meistens nicht interessiert, und man die Arbeit nur macht, weil es von der Lehrperson verlangt wird und deshalb für die kommende Prüfung notwendig ist.

Berichte über Berichte müssen durchgelesen werden, Zeitungen durchforstet, Radiosendungen angehört und alles muss fein säuberlich notiert werden, damit man auch gar keine wichtigen Details vergisst. Vor der Prüfung wird dann alles ins Kurzzeitgedächtnis „gepumpt", an der Prüfung selbst wieder ausgespuckt und zu Papier gebracht und ein zwei Wochen später weiss man darüber noch genauso viel, wie man zu Beginn sowieso schon gewusst hatte. Jeder musste durch eine solche Zeit und alle, Schüler wie Lehrer sagen, dass diese kurzfristige „Lernerei" überhaupt nichts bringe, und trotzdem wird es noch immer so gemacht.

Ich bin abgeschweift. Was ich eigentlich sagen wollte, ist, dass Recherchieren auch ganz interessant und lehrreich sein kann, aber eben nur, wenn es kein Müssen, sondern ein Dürfen ist. Jeder Mensch hat dabei andere Interessen und recherchiert in unterschiedlichen Bereichen über Dinge, die er spannend findet. Dabei ist man von sich aus motiviert. Man nennt dies intrinsische Motivation und lernt dabei ganze viel Neues, ohne dass man dafür unendliche Stunden von mühsamer Arbeit und tonnenweise Nerven aufbringen muss.

Eine solche Erfahrung machte ich selbst, als ich anfing, aktiv über den Prager Frühling zu recherchieren. Nach der Planung unserer Reise nach Prag wollte ich selbstverständlich vorbereitet sein und schon so viel Wissen wie möglich mitbringen. Viel Persönliches aus Omas Geschichte hatte ich bereits erfahren. Nun ging es vor allem darum, allgemeine historische Informationen zu sammeln, die einerseits Verständnis und Ordnung schaffen sollten und andererseits Omas Ansichten, die sich aus ihren Erzählungen herauskristallisiert hatten, historisch belegen und verallgemeinern konnten.

Dabei muss Recherchieren nicht unbedingt heissen, dass man sich vor den Computer setzen und im allwissenden Internet nach Informationen suchen muss. Man kann auch auf ganz andere Weisen recherchieren und zu seinem Wissen kommen. Bereits zu Beginn dieser Geschichte hatte ich erwähnt, dass meine Recherche damit begann, dass ich anfing die Ohren zu spitzen, sobald die Wörter Tschechien, Prag oder Prager Frühling fielen. Ich schnappte diverse Gesprächsfetzen auf, die ich mir im Nachhinein notierte und schon bald hatte ich eine kleine Ansammlung von Informationen, die meinen Wissensschatz bereicherten.

Bereits erläutert hatte ich, dass eine der besten Quellen für Informationen natürlich meine Oma war, denn von ihr bekam ich so einiges an Material. Zeitungsberichte und Reportagen im Fernsehen oder Radio gaben mir zusätzlichen Stoff, und auch der Besuch eines Vortrages verhalf mir zu weiteren wertvollen Informationen über die damalige Zeit, und vor allem über das Ende des Prager Frühlings.

Natürlich kam auch ich nicht um das Internet und seine unzähligen Seiten herum, aber auch da erfuhr ich zahlreiche interessante Dinge, die ich mir fein säuberlich heraus schrieb.

Interessant war vor allem, dass ich viele Informationen bereits mit ähnlichen Informationen aus anderen Quellen verknüpfen konnte und sich so mein im Kopf existierendes Netz an Wissen immer mehr verdichtete. Neue Fragen tauchten auf, denen ich weiter nachging und bald merkte ich, auf welche Informationen ich meinen Fokus legte. Dabei interessierte mich vor allem die Reaktion der Schweiz auf das erschreckende Ereignis 1968 und wie die Aufnahme und die Integration der Flüchtlinge ablief. Ausserdem verschaffte ich mir einen groben Überblick über den Beginn, den Verlauf und das Ende des Prager Frühlings selbst und legte zuletzt einen Schwerpunkt auf den Mann, der alles ins Rollen gebracht hatte: Alexander Dubcek.

Dabei erfuhr ich Unglaubliches, welches sich sofort in mein Gehirn brannte, da es einfach so fantastisch zu sein schien. Alles war jedoch wirklich eingetroffen.

Es war mir eine Hilfe, dem Ganzen überhaupt Glauben zu schenken, dass ich in so vielen verschiedenen Quellen die gleichen Schilderungen antraf, die mir einzutrichtern versuchten, dass dies wirklich alles passiert ist, und dass meine Oma alles selbst erlebt hatte.

Gut möglich, dass sich nun einige fragen, wie es möglich ist, dass so viele Information zum Prager Frühling einfach ausserhalb des Internets in den öffentlichen Medien zu finden sind. Meine Antwort darauf wäre in erster Linie, dass ich gründlich und gezielt gesucht und recherchiert habe, aber ich muss auch ergänzen, dass ich grosse Unterstützung hatte, oder besser gesagt, ein perfektes Timing. Wir befinden uns im Jahr 2018, genauer gesagt im September 2018, und vor genau 50 Jahren, im Jahr 1968 besiegelten die Russen das Ende des Prager Frühlings, und somit kam meine Familie genau vor 50 Jahren mit ganz vielen ihrer Landsleute in die Schweiz.
Sie alle feiern in diesem Jahr „50 Jahre Prager Frühling", 50 Jahre Flucht in die Schweiz, Flucht in die Freiheit und der Anfang eines neuen Lebens.

Die Zeitungen sind voll von Berichten, das Schweizer Radio und Fernsehen hat mehrere Sendungen zu diesem, auch für die Schweiz bedeutenden Ereignis produziert und in diversen Gemeinden wurde mit Vorträgen, Vorlesungen und Ausstellungen von Bildern noch einmal an das, was damals passiert war, gedacht.
Auch die Stadt Kreuzlingen veranstaltete eine solche Sonderwoche, und ich nahm mir vor, selbst an einem dieser Vorträge teilzunehmen.

***

Es war Samstag, der 26. Mai kurz vor zwanzig Uhr. Ich war ziemlich nervös, wusste ich doch nicht genau, was mich in den kommenden Stunden erwarten und von welcher Art Leute ich umgeben sein würde.

Durch eine offene Glastür trat ich in das moderne, aus Beton gebaute Haus ein. Vorbereitete „Häppchen", in Form von diversen Sandwiches, standen fein säuberlich auf zwei Tischen verteilt bereit, um, zusammen mit erfrischenden Getränken, bald verschlungen zu werden.

Vor dem Eingang des Saales, der sich rechts des Hauseingangs befand, hatte sich bereits eine kleine Menschentraube versammelt. Einige der Gäste befanden sich auch schon im Saal selbst und suchten unschlüssig nach den besten noch freien Plätzen. Ich selbst begab mich jedoch noch nicht hinein, da mein Blick, der schon eine ganze Weile umherschweifte, noch immer das vertraute Schild der Toilette suchte, und ich mich, als ich es fand, in dessen Richtung bewegte.

Als ich dann einige Minuten später selbst in den Saal eintrat, saugten meine Sinne sofort alles auf, was sie entdecken konnten. Es roch nach Beton und nach neuer Farbe, was mich darauf schliessen liess, dass das Gebäude noch nicht so alt war. Ausserdem lag noch ein anderer, unerklärlicher Duft in der Luft. Ich hörte schwatzende und lachende Stimmen, die sich in einer sehr vertrauten Weise begrüssten und erfasste mit meinen Augen eine Gruppe von Leuten, die meist bereits fortgeschrittenen Alters waren, die sich aufgeregt unterhielten, einander Begrüssungsküsschen gaben und sich gegenseitig die Hände schüttelten. Alle schienen sich irgendwie zu kennen und keiner schien allein zu sein. Naja, ausser mir.

Da ich merkte, wie ich die Leute anstarrte und mich zugleich ein wenig unwohl fühlte, allein in der Mitte des Saales zu stehen, suchte ich mir rasch und ein wenig unbeholfen einen freien Platz. Er befand sich in der linken Hälfte der aufgereihten Stühle, etwa in der Mitte, und neben mich setzte sich eine ältere, gepflegt aussehende Dame, die elegant gekleidet war. Schon beim näheren Betrachten hätte ich schwören können, dass sie Tschechin oder Slowakin war. Ich weiss nicht, aber manchen Leuten sieht man die Nationalität einfach an, nicht wahr?

Mein Blick schweifte noch ein wenig umher, musterte die Fotografien an den Wänden und ich fühlte mich zusehends wohler in diesem

Kuchen von älteren Leuten und ihren Angehörigen, die alle durch ihr gemeinsames Schicksal miteinander verbunden waren.

Dann begann der Vortrag. Eine Dame mittleren Alters mit blondem, langem Haar begrüsste die Besucherinnen und Besucher. Sie dankte als Erstes den Ehrengästen, dem tschechischen Botschafter und der slowakischen Botschafterin aus Bern für ihr Kommen und begrüsste Jörg Kral, den Mann, der den Vortrag halten würde.
Ich war gespannt wie ein Regenschirm und hoffte, dass ich viel Spannendes und Neues erfahren durfte. Um ja nichts zu verpassen, hatte ich mich zuhause mit Block und Stift ausgerüstet und nun sass ich da, bereit, jedes einzelne Wort in meinem Gehirn zu speichern.
Ein Streichertrio, bestehend aus zwei Cellos und einer Geige, umrahmte den Vortrag musikalisch und zog die Gäste mit tschechischen Volksliedern schon ein erstes Mal in seinen Bann.
Jörg Kral trat an ein Bartischchen, das zu einem Rednerpult umfunktioniert wurde, und begann zu erzählen.
Er berichtete frei über sein und das Schicksal vieler seiner Landsleute. Er hatte zwar ein Blatt vor sich, doch dies benutzte er nur, damit er den roten Faden behielt und sich nicht in weiteren Geschichten verlor, die er uns erzählte, als wären sie allesamt erst gestern gewesen. Mein Stift flog regelrecht über die Seiten meines Notizblockes. Ich wusste gar nicht, dass ich so schnell schreiben konnte und ich vergass alles andere um mich herum. Ich hörte nur noch seine Stimme, sah meinen Block und den Stift und sog jedes Wort in mir auf, als bräuchte ich es für eine Prüfung.

Sein Vortrag begann damit, dass er davon berichtete, wie sich in der Tschechoslowakei 1968 nun endlich alles zum Guten wendete. Wie Dubček seine Reformpolitik voranbrachte, wie das Volk auf einmal mehr Rechte erhielt und sich die Hoffnung auf ein besseres Leben und mehr Freiheit in der Bevölkerung verbreitete.
Diese Hoffnung wurde aber ebenso schnell wieder vernichtet, wie sie aufgekommen war. 250'000 Menschen verliessen damals das Land, als

die Warschauer Pakt-Staaten, angeführt von der Sowjetunion, mit ihren Panzern alles platt walzten und die Städte besetzten. Etwa 13'000 Flüchtlinge kamen in der Folge in die Schweiz und somit in ein Land, das bislang von Kriegen verschont und sicher zu sein schien. Die Flüchtenden wurden herzlich Willkommen geheissen und ohne Umschweife und Probleme aufgenommen.

Nun schickte Kral die Gäste auf eine regelrechte imaginäre Reise durch die Zeit. Er begann mit der Völkerwanderung im 5. und 6. Jahrhundert, erzählte von den Habsburgern, dem 30-jährigen Krieg, der ersten Uni, die 1348 in Prag von Karl IV, dem damaligen römischen Kaiser und tschechischen König, gegründet wurde.

Nach dem ersten Weltkrieg entstand die Tschechoslowakei und das ganze Land war 1938 besetzt durch Deutsche Truppen. 1948 wurde die kommunistische Diktatur geschaffen und Freiheit war somit ein Begriff, der für das Volk in weite Ferne gerückt war. Kral berichtete, dass unschuldige Menschen hingerichtet wurden, nur weil sie anderer Meinung waren als die Regierung. 2000 Menschen sollten allein bei Verhören durch grausame Folter gestorben sein. Andersgläubige und politisch kritisch denkende Leute wurden allesamt hinter Gitter gebracht. In dieser Zeit konnte absolut nicht von einem normalen Leben in Freiheit gesprochen werden.

Durch die Staatsherren Gottwalt und Stalin erfuhr der Staat eine Führung unter eiserner und stark kommunistischer Hand. Die Unterdrückung des Volkes weiterhin bestehen. Jeder Staatsbürger wurde regelmässig durchleuchtet und auf sein Vereinsleben, seine Auslandreisen, seinen Schul- und Werdegang und seinen Radio- und Fernsehkonsum geprüft und bei Verstössen gegen die Vorgaben des Staates sofort in Gewahrsam genommen.

Der Staat wusste alles. Der Staat bestimmte alles.

Kral erinnerte sich, wie er selbst als junger Bursche an der Uni studieren wollte, ihm das Studium jedoch verweigert wurde mit der Begründung, dass sein Vater ja schon studiert hatte und dies in der Familie genügte. Der Sohn müsse nicht auch noch studieren.

Ich und weitere Zuhörerinnen und Zuhörer konnten nur den Kopf schütteln und einigen schienen selbst solch unglaubwürdige Geschichten in den Sinn zu kommen, die damals jedoch zum Alltag gehörten. Dies war so krank. Wie konnte das nur funktioniert haben?

Wie aufs Stichwort berichtete Kral nun davon, dass sich das System mit so einer Politik selbst an sein Ende manövrierte. Zu Beginn der 60er Jahre fing das kommunistische Gerüst an zu bröckeln. Schriftsteller, Künstler und Dichter begannen ihre Stimmen zu erheben und sich gegen die Unterdrückung zu wehren. Studenten, Schüler und schliesslich das ganze tschechoslowakische Volk zog ihnen nach.

Mit der Wahl von Alexander Dubček zum Generalsekretär der kommunistischen Partei begann dann endlich der Prager Frühling. Zeitungen riefen die Liberalisierung aus und die Bevölkerung begann wieder an ein Leben in Freiheit zu glauben.

Ich wusste genau, was nun passierte, hatte dies Oma ja selbst in ihrern Erinnerungen aufgeschrieben, und auch die Euphorie der Gäste hielt sich in Grenzen, denn alle wussten, von welch kurzer Dauer der Prager Frühling war.

Das ganze Umdenken und die politische Umwälzung in der Tschechoslowakei blieben natürlich nicht unbeobachtet. Schliesslich war der Staat Mitglied des Warschauer Pakts, einem kommunistischen Bund, und dieser war gar nicht erfreut über die Ereignisse, die sich im Nachbarstaat abspielten. Allen voran sah die Sowjetunion die politische Bewegung in der Tschechoslowakei als Bedrohung für den Kommunismus an und hatte Angst, sie löse eine Konterrevolution aus, die auch auf die angrenzenden Länder übergreifen könnte.

Mit einem Brief an Dubček setzte der Warschauer Pakt die tschechoslowakische Regierung unter Druck. Man habe alle reformierenden Massnahmen, wie die Medien- oder Reisefreiheit sofort zurückzurufen oder die anderen Mitgliedstaaten würden härtere Massnahmen gegen die Tschechoslowakei ergreifen.

Doch niemand glaubte an einen militärischen Einmarsch, obwohl dieser schon lange vor dem Drohbrief festgestanden hatte.

Und so kam es, dass in der Nacht vom 20. auf den 21. August 1968 Panzer die tschechoslowakische Grenze passierten und das Land besetzten.

Der Prager Frühling wurde auf die brutalste Art und Weise beendet und beerdigt.

Ganze einundzwanzig Jahre lang blieb das Land besetzt. Man sprach von der Zeit der Normalisierung, in der der Kommunismus wieder hart durchgriff und Gefängnis, Exil und Tote forderte.

Was war das bloss für eine Zeit gewesen? Ich war sprachlos und musste mich darauf konzentrieren, nicht einfach mit dem Mitschreiben aufzuhören. Als mein Blick für einen Moment den der anderen im Saal versammelten Gesichter streifte, merkte ich sofort ihre noch immer vorhandene Entrüstung und Wut über dieses schreckliche Unterfangen der Warschauer Pakt-Staaten.

So etwas war „unterste Schublade", wie meine Freunde sagen würden und so unglaublich, dass ich es, obwohl ich die Ereignisse durch meine bisherigen Recherchen schon kannte, immer noch nicht fassen konnte.

Später, bei weiteren Recherchearbeiten erfuhr ich, dass dieses ganze Szenario schon einmal passiert war und zwar zwölf Jahre zuvor in Ungarn. Auch damals hatte die Schweiz die Türen geöffnet und auf das kam nun auch Jörg Kral zu sprechen.

Die Schweiz öffnete damals allen Tschechoslowaken die Grenze und liess sie unbürokratisch einreisen. Sie war somit das Land, das am meisten Flüchtlinge in dieser Krise aufnahm.

In der Schweiz war das Ende des Prager Frühlings in aller Munde. Die Leute zeigten Solidarität gegenüber den Flüchtlingen und waren wütend auf die Tat der Sowjetunion und ihrer Verbündeten. In Zürich, Bern, Genf, aber auch in kleineren Städten wie Herisau wurde deswegen vehement gegen die Russen demonstriert.

Kral wie auch unzählige seiner Landsleute waren unendlich dankbar für die Offenheit und Hilfe des Schweizer Volkes, und er erzählte von den Unterschieden, die sie hier angetroffen hatten.

Die Schweiz ist ein sehr sauberes und schönes Land. Sein Volk gilt als freundlich, pünktlich und zuverlässig.

Mit einem Blick registrierte ich heftiges Kopfnicken der Gäste und bestätigende Worte waren zu hören. Vor allem die Schönheit der Natur, die sich auf engstem Raum so unterschiedlich zeigt, faszinierte Kral, als er zum ersten Mal in unser Land kam.

Was ihn ausserdem beeindruckte, war das andere Verhältnis zu Geld und Eigentum und die grosse Sicherheit in diesem Staat. In der Tschechoslowakei gehörte zu dieser Zeit einfach alles dem Staat. In der Schweiz konnten beispielsweise Autos ohne sie abzuschliessen einfach an den Strassenrand gestellt werden.

Ich erinnerte mich bei diesen Worten, dass Oma genau dasselbe aufgeschrieben hatte und wie auch sie fasziniert und gleichzeitig verblüfft war von diesem neuen, für sie noch unbekannten Land.

Hier war alles ordentlich und organisiert.

„Und dies entspricht genau dem Klischee von uns Schweizern, dass wir halt ein wenig die „Bünzlis" sind", sagte Kral schmunzelnd.

In diesem Moment fühlte ich richtigen Stolz, Schweizerin sein zu dürfen, egal ob ich nun ein „Bünzli" war oder nicht. Ich war stolz, in einem Land zu leben, das in Notzeit Hilfe geleistet hat und ein Paradebeispiel für erfolgreiche Integration ist.

Die gut funktionierende Integration zeigte sich beispielsweise darin, dass die tschechoslowakischen Flüchtlinge ihre Arbeit sofort wieder aufnehmen konnten und somit nicht auf finanzielle Hilfe angewiesen waren und damit niemandem zur Last fielen. Natürlich waren die Tschechoslowaken auch ein dankbares Flüchtlingsvolk, denn sie kamen aus dem gleichen Kulturkreis, lebten ebenfalls im Herzen Europas und viele der Neuankömmlinge waren hochqualifiziert.

Trotz aller Integration konnten und wollten sie ihre Heimat dennoch nicht einfach vergessen und es entstanden Gruppen und kleine Vereine von Tschechen und Slowaken, die sich gemeinsam über ihre neu gemachten Erfahrungen im fremden Land austauschen und selbstverständlich ihre eigene Kultur ausleben konnten, denn die Schweizer waren schon ein wenig ein anderes Volk als die Tschechoslowaken. Ich musste schmunzeln, als Kral auf die Unterschiede der beiden Staaten zu sprechen kam.

Die Schweiz war das verschlossenere Land als die Tschechoslowakei. Dies zeigte sich unter anderem darin, dass man in der Schweiz nicht über Geld und Lohn sprach, was jedoch in der Tschechoslowakei Gang und Gäbe war. Ein weiterer Unterschied war, dass die Schweizer ein weniger emotionales Volk sind als ihre neueingereisten Mitbürger. Die Tschechoslowaken mussten wahrlich ihre Gefühle zügeln. Kral erwähnte ausserdem ein Sprichwort, und zwar, dass man doch jeweils zuerst das Gehirn und dann das Mundwerk einzuschalten hätte. Dies galt für die Tschechoslowaken auf jeden Fall doppelt und alle im Saal mussten lachen und ich wusste, dass er Recht hatte. Genau so hätte ich sowohl die Schweizer als auch die Tschechoslowaken beschrieben.

Natürlich gab es auch immer Gegenstimmen, wie zum Beispiel eine Minderheit, die sagte, die Flüchtlinge seien Verräter ihres Vaterlandes oder solche, die den Umzug in die Schweiz nicht so gut verkraftet hatten wie Kral, meine Oma oder die weiteren Gäste in diesem Saal. Dies lag jedoch daran, so Kral, dass sich diese Menschen gar nicht integrieren lassen wollten und somit besser in ihrem Land geblieben wären, da sie hier nur unglücklich blieben.

Mir kam bei diesen Worten sofort Omas Schwester in den Sinn, die sich nie so gut an die Schweiz gewöhnt hatte wie Oma und ihre Familie. Für Oma gab es nie ein Zurück. Nie wurde der Wunsch geäussert, in ihr Vaterland zurückzukehren, denn sie hatten sich integriert und sie waren stolz ein Teil des Schweizer Volkes zu sein, ohne dabei ihre Wurzeln zu vergessen.

Auch Kral bedankte sich bei der Schweiz für ihre Grosszügigkeit, ihre Solidarität und dass sie so solide, fair und weltoffen bleiben möge, wie sie es war und heute noch ist, und die abschliessenden Worte Krals öffneten noch einmal jedem im Saal das Herz und entliess ihn ganz sicher mit einem guten Gefühl an diesem Abend nach Hause:

„Wenn man die Heimat verlässt, um eine neue zu finden, sollte man seine alte trotzdem nicht vergessen und weiterhin im Herzen tragen."

Applaus ertönte, es wurde gedankt, applaudiert, wieder gedankt und noch einmal applaudiert. Auch meine Hände klatschten, doch ich bekam dies nur am Rande mit, da meine Gedanken noch immer an den letzten Worten Krals hingen und gar nicht in die Realität zurückkehren wollten.

Das Streichertrio spielte noch einmal und danach erhoben sich die Leute und verteilten sich im Saal. Sie gratulierten Kral für seinen tollen Vortrag. Es wurde diskutiert, und die Deutsche und Tschechische Sprache vermischten sich zu einem wohlwollenden Klang von Begeisterung und Aufregung.

Ich begab mich zur Wand mit den Fotos, noch immer ein wenig benebelt von all den Eindrücken und Informationen, die in dieser Stunde auf mich eingeprasselt waren. Im Kopf versuchte ich den Vortrag noch einmal Revue passieren zu lassen. Vieles stimmte mit Omas Erzählungen überein, vieles hatte ich schon ein- oder mehrere Male gehört und dies festigte das Bild, das langsam in meinem Kopf zu entstehen begann.

Teilten diese Leute wirklich alle das gleiche Schicksal? Sie alle schienen genauso gut integriert zu sein wie Jörg Kral und meine Oma und ihre bestätigenden Reaktionen während des Vortrages hatten mir gezeigt, dass ihre Erinnerungen ähnlich, vielleicht sogar gleich und noch genau so präsent waren wie jene Krals.

Eigentlich war ich ja dabei, Fotografien zu betrachten, wurde mir bewusst, als ich meinen Blick wieder auf die Wand richtete und ich gerade an zwei Bildern vorübergegangen war, ohne sie richtig angeschaut zu haben. Daher ging ich noch einmal zurück und zwang mich, meinen Fokus nun darauf zu legen.

Die Fotografien zeigten das Ende des Prager Frühlings hautnah und waren noch mit uralter Kameratechnik aufgenommen worden. Sie stammten von Bohumil Dobrovolsky.

Am Ende der Reihe angekommen, drehte ich mich noch einmal um und betrachtete ein letztes Mal den Saal. Ein Lächeln huschte mir übers Gesicht. Ja, dieser Abend hatte mir tatsächlich etwas, nein nicht nur etwas, sondern ganz viel gebracht, und als ich mich schliesslich dem Ausgang zuwendete, das Gebäude verliess und mich auf den Heimweg machte, war ich in diesem Moment vollkommen zufrieden.

Zufrieden mit mir, meiner Vergangenheit und damit, dass sie war, wie sie war und sie niemand ändern kann.

Fotoalben

„Nächster Halt auf Verlangen: Bronschhofen."
Die vertraute, weibliche Stimme der Durchsage hallte monoton und mit einem kleinen Rauschen durch den fahrenden Zug. Keiner der Passagiere unterbrach sein Tun. Alle Insassen schienen mit dieser Stimme bereits bestens vertraut zu sein. Auch ich wusste, dass sie immer eine Kurve vor dieser nächsten Haltestelle zu uns sprach und ich spätestens dann meinen „Halt auf Verlangen" drücken sollte.

Hier musste ich aussteigen. Ich vergewisserte mich, dass bereits jemand den roten „Stop"-Knopf gedrückt hatte, damit der Zug nicht an der Haltestelle vorbeifuhr. Der Weg, den ich nach dem Verlassen des kleinen, bunten Zuges auf mich nahm, war mir bereits sehr vertraut. Aus dem Zug hinaus, dann zur Schulssstrasse und dann rechts den steilen Fussgängerweg zur Hauptstrasse hoch. Dort kurz innehalten und mich vergewissern, dass die rollenden Fahrzeuge Anstalten machten zu halten, den Weg überqueren und schon war ich an der Haldenstrasse. Auf der rechten Seite stand das Gemeindehaus, ein gras-grünes Flachdachgebäude, das vermutlich mit Absicht möglichst nicht ins Dorfbild passen soll. Naja, war ja nicht mein Dorf. Wobei es auch bei uns zuhause so manch extravagantes Haus gibt, bei dem man sich ernsthaft fragen kann, ob nicht doch eine Fehlkonstruktion vorliegt. Aber so sind die Geschmäcker verschieden und die Meinungen zur Frage was nun noch modern und was einfach nur kurios war, gingen weit auseinander.

Haldenstrasse 7, das war mein Ziel. Es war seltsam, schon wieder hier zu sein. Natürlich war ich öfters hier, denn ich besuchte meine Oma ja regelmässig, aber dies tat ich meistens nicht allein, sondern gemeinsam mit meiner Familie und dann auch nicht mit dem Zug, sondern mit dem Auto.
Unter regelmässigen Besuchen verstand man das traditionelle Weihnachtsessen am Stephanstag über Mittag, zusammen mit Tante

und Onkel, dem Cousin und seiner Freundin, die Einladung zu Ostern und vielleicht noch ein, zwei Einladungen unter dem Jahr, an denen entweder der Computer kaputt war, und ihn Paps unbedingt reparieren musste, oder wir einfach so als Familie einmal vorbeischauten. Dass ich nun innerhalb von so kurzer Zeit ein zweites Mal hier war, das erste Mal bei der Planung unserer Pragreise, und zwar allein, verblüffte mich.

Früher waren meine Schwester und ich oft bei Oma. Sie war auch viel bei uns und betreute uns, wenn meine Eltern ausgingen. Oma übernachtete dann jeweils im Gästezimmer, das heute mein Zimmer ist, wenn Mama und Paps einen Kino-, Theater- oder Konzertbesuch machten.

Seltsam, ich merkte gerade, dass solche Ausgänge meiner Eltern früher viel öfter der Fall gewesen sind als heute. Vielleicht fiel es mir heute auch einfach nicht mehr auf, da ich genau so viel nicht zuhause bin wie meine Eltern und ausserdem keinen Babysitter mehr brauche.

Zu Oma in die Ferien zu gehen war für uns nichts Aussergewöhnliches. Ich erinnerte mich, dass wir uns auf der einen Seite freuten, es aber auch einfach normal war, einige Tage bei ihr zu sein. Mama fuhr uns immer zu ihr, wir zwängten uns zu dritt mitsamt Gepäck in den viel zu kleinen Lift, der diesen Geruch nach etwas Altem aussendete, und fuhren so in den obersten Stock des Wohnblocks. Das ganze Treppenhaus war dunkel und eng. Die Wände strahlten vermutlich einmal weiss, waren jedoch mit der Zeit vergraut. Die braune Holztür stand immer bereits offen, als wir uns aus dem Lift zwängten und vor die Tür stolperten und Oma empfing uns mit einem herzlichen Lachen.

Ein Schmunzeln umspielte meine Lippen, wenn ich daran dachte, wie schüchtern meine Schwester und ich zu Beginn immer waren, denn wir fürchteten uns vor den Begrüssungsküssen, auf die natürlich nie verzichtet werden konnte. Der Wohnungseingang war mindestens so eng wie das Treppenhaus und auch in der Wohnung roch es nach alten und antiken Möbeln. Der Geruch vermischte sich jedoch mit dem leicht süssen und vertrauten „Omageruch", den ich immer und überall erkennen, aber nicht definieren könnte.

Omas alte Wohnung war ein Traum für Janine und mich. Die erste Tür rechts führte ins Wohnzimmer. Eine Wohnwand aus dunklem Holz gestaltete die rechte Seite des Zimmers. Geradeaus waren die Balkonfenster, geschmückt mit weissen Gardinen, die Licht ins Zimmer brachten und einen Kontrast zur Düsterkeit des Holzes bilden. Auf der linken Seite waren zwei genau so dunkle Ledersofas und ein Sessel platziert und in der Mitte stand ein kleines Tischchen. Der alte Parkettboden war mit teuren Teppichen belegt und von der Decke baumelten alte Lampen mit Schirmen aus Stoff. Das Zimmer hatte eine Art L-Form, was den Raum vergrösserte und Platz für einen Esstisch schaffte. Auch dieser stand auf einem Teppich und war mit einem Stofftischtuch überzogen. Auf seiner rechten Seite war ein weiteres Möbelstück mit einer Vitrine, die aus demselben dunklen, braunen Holz gezimmert war wie schon die übrige Einrichtung. Hinter den Glasfenstern der Vitrine befand sich haufenweise tschechisches Porzellan. Schön säuberlich platziert und aneinander gereiht fand man Gläser, Teller, Tassen, Schalen und Töpfe aus feinstem tschechischem Glas, das noch immer handgefertigt hergestellt und verkauft wurde. Auch bei uns Zuhause war die Wohnwand mit solchen Gläsern gefüllt und nie durften wir sie heraus nehmen oder anfassen, denn sie waren und sind Papa auch heute immer noch heilig.

Links vom Esstisch befand sich die Tür zur Küche. Diese war genau so klein und eng wie der Rest der Wohnung und eigentlich eine Art Durchgangszimmer, denn eine weitere Tür auf der anderen Zimmerseite führte zurück in den Gang. Dort konnte man entweder in die beiden Schlaf- oder das Badezimmer abbiegen oder zurück ins Wohnzimmer gelangen. Das Wohnzimmer, die Küche und der Gang waren somit miteinander verbunden und dies war der Grund, weshalb die Wohnung einfach das Grösste für mich und meine Schwester war. Es gab keinen besseren Ort, an dem man Verstecken oder Fangen spielen konnte. Die Tatsache, dass man ewig durch Wohnzimmer, Küche und Gang laufen konnte, beflügelte meine Schwester und mich zu intensiven und langanhaltenden Verfolgungsjagden, die nur durch Oma selbst unterbrochen werden konnten. Doch Oma wusste sich durchzusetzen und konnte uns jederzeit in unserem wilden Spiel stoppen und wieder auf den Boden der Tatsachen zurückholen.

Damit wir ihr jeweils nicht im Weg waren, während sie zu Mittag kochte, durften wir uns, und das war etwas ganz Spezielles, die täglichen Folgen der Biene Maja um halb zwölf im Fernsehen angucken. Ich meine, fernsehen während der Mittagszeit, ist das nicht unglaublich cool? Dies hatte uns Mama nie erlaubt. Oma hatte zudem ein wahnsinniges Kochtiming. Das Essen war immer dann bereit, wenn die Folge zu Ende war und wir konnten uns zufrieden, hungrig und voller Vorfreude auf die Mahlzeit an den Tisch setzen. Oma kochte ausgezeichnet und wir durften uns zudem immer wünschen, was wir gerne wollten. Liwanzen und Sunkofleky waren bei jedem Besuch ein Muss. Die Liwanzen waren eine Spezialität aus Böhmen und eigentlich nichts anderes als ganz kleine Pancakes. Wir hatten sie damals immer mit Konfitüre gegessen.

Der Gedanke an Sunkofleky führte mich aus meinen Erinnerungen zurück auf die Haldenstrasse und zurück ins Jahr 2018. Ich stellte fest, dass ich mich bereits vor Omas Haustür befand. Dieser Moment, wenn man nicht genau wusste, wie man das gerade zurückgelegte Stück Weg zurückgelegt hatte.

Sunkofleky. Dies war ein tschechischer Nudelauflauf aus dem Ofen mit Schinken, Ei und Käse. Super lecker. So lecker, dass ich mir das heute zu Mittag gewünscht hatte, als ich mich bei Oma einlud und sie mich fragte, auf welche Mahlzeit ich denn Lust hätte.

Der Summton erklang und ich stiess die Tür auf. Omas Wohnung befand sich gleich auf der ersten Etage des Mehrfamilienhauses. Es war nicht mehr die gleiche Wohnung wie damals, die heutige war moderner, jedoch kleiner, aber sie befand sich noch immer im gleichen Dorf, nur ein paar Strassen weiter nach Osten.

Die Tür öffnete sich und Oma stand im Türrahmen und lächelte mich an. Wir begrüssten uns. Natürlich durften die Küsschen noch immer nicht fehlen, nur heute störten sie mich nicht mehr. Omas vertrauter Geruch strömte mir sofort in die Nase. Auf dem Esstisch hatte sie bereits die Alben aufgelegt, die der Grund für meinen heutigen Besuch waren. Wir wollten sie uns heute gemeinsam ansehen. Die meisten der eher dickeren Bücher waren mir bereits bekannt, da ich sie mir schon einmal als Kind angeschaut hatte. Damals war es vor allem amüsant, meinen Vater so jung und als Bub mit goldenen wilden Locken zu sehen. Mit dem Betrachten der Fotos hoffte ich, weitere reale Bilder zu den Geschichten schaffen zu können, die mir Oma einerseits erzählte, ich aber auch selbst in ihrem Buch gelesen hatte. Es lag Anspannung in der Luft, da weder Oma noch ich genau wussten, was uns dieser Morgen bringen würde, und welche neuen Verknüpfungen und Erkenntnisse ich durch das Anschauen der Alben bekäme.

Oma gab mir ein erstes Album in die Hand. Es war das Älteste. Der Einband war mit braunem, grob gewobenem Stoff überzogen und sprach für das Alter des Buches.

Nach dem Öffnen des Buchdeckels schauten mich einige Gesichter porträtierter Personen an. Ihre Gesichter waren schwarz-weiss. Das Bild stammte aus einer Zeit, weit bevor es Farbfotos gegeben hatte. Oma klärte mich sofort über die Personen auf. Es handelte sich um ihre Mutter, ihren Vater und ihre Geschwister. Sie lachten nicht. Ich dachte, dass dies die Anweisung des Fotografen war, denn traurig sahen sie auch nicht aus.

Ein Knisterpapier trennte die erste von der zweiten Seite. Auf dieser waren weitere Porträts zu sehen. Oma erkannte ich als einzige auf den Bildern. Sie war so jung, so schön. Sie lächelte unbeschwert in die Kamera und sah dabei ihrer Tochter, meiner Tante, unglaublich ähnlich. Die restlichen Personen auf der Seite kannte ich nicht und Oma klärte mich auf.

So ging es Seite um Seite. Ich schaute mir die Bilder an, blätterte vorsichtig die Seiten um, um ja nichts zu zerknittern und Oma stand daneben und erklärte mir, wer oder was darauf zu sehen war. Ab und zu stellte ich Fragen. Bei fast jedem Bild war ein Datum und manchmal auch ein Kommentar zu finden, der jedoch auf tschechisch geschrieben war. Ich überflog die Daten, verknüpfte Zahlen mit Erinnerungen, Bildern, Texten und vor allem zwei Zahlen verblüfften mich jedes Mal wieder, wenn ich auf sie traf. Oma hatte Opa am 1. Januar 1957 kennen gelernt. Sie war damals achtzehn Jahre alt, also genauso alt wie ich es bin. Opa war sechs Jahre älter. Nur drei Monate später, am 12. April 1957 gaben sich die beiden bereits das Ja-Wort!

„Das ist unglaublich, nicht?", dachte ich laut. Oma lachte. Unzählige kleine Fältchen um Augen, Nase und Mund zuckten dabei hin und her und bewirkten, dass ihr Gesicht dabei so fröhlich und herzlich ausschaute.

„Nein, dies war einfach die einzige Möglichkeit, von zuhause auszuziehen", antwortete sie.

„Damals war es unvorstellbar, zuerst jemanden kennenzulernen, mit dieser Person gemeinsam eine Wohnung zu beziehen und danach irgendwann zu heiraten. Damals heiratete man die Person zuerst und danach zog man sofort mit ihr zusammen."

Ich erinnerte mich an die Textpassage in ihrem Buch, in dem sie erklärt hatte, dass sie nach der Heirat nicht mehr zuhause bleiben durfte.

„Ist für mich trotzdem unvorstellbar", sagte ich kopfschüttelnd, und wir beide mussten lachen und wendeten uns wieder dem Album zu.

Im nächsten Album waren bereits Paps und Zora, seine Schwester, zu sehen. Zuerst ganz klein als Babys, doch mit jeder Seite, die ich umblätterte, wuchsen auch die beiden zu Kindern und später zu Teenagern heran. Beide waren sehr hübsche Kinder und sofort wünschte ich mir, sie in ihrer Kindheit kennengelernt zu haben. Wie sie wohl gewesen waren?

„Risa war immer der eher ruhige Typ", begann Oma mir meine Frage zu beantworten. „Er war der Handwerker, genauso wie Opa. Zorka war sehr lebendig, gesprächig und steckte voller Überraschungen. Sie hielt die ganze Familie schon in jungen Jahren auf Trab." Sie verkniff sich ein Lachen, und wir beide erinnerten uns an jene Geschichte, bei der die kleine Zora immer über den Zaun geklettert war, um zum naheliegenden Wasserloch zu gelangen.

Sie war damals drei Jahre alt und fing an, regelmässig zu verschwinden. Es war seltsam, denn um das Haus, in dem sie damals gelebt hatten, ragte ein Zaun zwei Meter hoch in die Luft und ein schweres Tor grenzte Einfahrt und Strasse voneinander ab, was das Verlassen des Gartens für ein kleines Mädchen unmöglich machen sollte. Dies schien die Kleine jedoch nicht aufzuhalten, denn sie war oft einfach spurlos verschwunden. Oma suchte sie jeweils und fand sie dann schliesslich badend an diesem Wasserloch, das sich einige Meter vom Quartier entfernt befand. Auf Omas Frage, wie sie dorthin kam, gab Zora jeweils keine Antwort, jedoch war sie schon am nächsten Tag wieder dorthin verschwunden.

Opa und Oma beschlossen also, ein wenig Detektiv zu spielen und hefteten sich an die Fersen ihrer Tochter. Eines Nachmittags spielte Zora im Garten und als sie sich sicher war, dass ihr niemand zuschaute und die Eltern im Haus beschäftigt zu sein schienen, lief sie zum Zaun und kletterte wie ein Äffchen über das Hindernis. Ihre kleinen Füsschen passten perfekt in die Planken und Streben und gaben ihr wunderbar Halt. Sie schwang ihr Bein geschickt auf die andere Seite und kletterte galant wieder hinunter. Oma und Opa waren komplett überwältigt und konnten im ersten Moment gar nicht anders, als einfach nur zu lachen. Trotzdem mussten sie dieser „Ausreisserei" natürlich ein Ende bereiten, weil es gefährlich war, einfach alleine weg- und dann noch baden zu gehen. Sie sprachen mit ihrer Tochter und versuchten ihr zu erklären, dass sie dies nicht mehr tun dürfe. Sie sah dies ein, bestand jedoch darauf, gemeinsam mit Oma so oft es ging zum Wasserloch zu gehen.

***

Viele der Fotografien liessen in mir solche Geschichten aus Omas Leben aufkommen. Nun sah ich sie ganz klar vor mir, denn Bild und Erzählung verschmolzen zu einer Art Film, der sich in meinem Kopf abspielte. Ganz viele kleine Szenen voller Emotionen, Abenteuer,

Freude und Trauer begannen sich aneinander zu reihen und brachten mein „Kopfkino" auf volle Touren.

Nur langsam begann ich wirklich zu begreifen, dass all die Geschichten auch wirklich wahr waren und dass der Film in meinem Kopf wirklich der Wahrheit entsprach.

Ich überlegte mir, ob auch ich dereinst eine solche Geschichte aufweisen kann und kam zum Schluss, dass dies kaum möglich sein würde. Eine so unglaubliche Geschichte, die so viel Abenteuer, Spannung, aber auch Ungewissheit, Not und Trauer aufwies, wurde nicht alltäglich erlebt. Ich stellte mir die Frage, ob ich das alles überhaupt wollen würde. Oma hatte viele Verluste erlitten, musste ihre Heimat und ihre Liebsten zurücklassen und verlor auch hier in der Schweiz den Menschen, den sie am meisten geliebt hatte. Trotzdem konnte sie nichts erschüttern und dies macht sie so unglaublich bewundernswert und zu einem grossen Vorbild für mich. Sie steckt auch mit ihren achtzig Jahren noch voller Energie, zieht mit ihrem herzlichen Lachen alle in den Bann und ist stets für jeden Spass zu haben. Das finde ich einfach unglaublich.

In meiner eigenen Lebensgeschichte wird es vielleicht nicht so viele Höhen und Tiefen geben wie in Omas, aber ich möchte auf jeden Fall das Beste aus jeder Situation machen und mein Leben in vollen Zügen geniessen, genauso wie Oma ihr Leben in vollen Zügen genossen und gelebt hat.

Jede Seite der Alben hatte ich mit äusserster Vorsicht umgeblättert, jedes Bild genauestens studiert und trotzdem waren die Alben schon viel zu schnell durchgeschaut. Ich schloss das letzte Buch und drehte mich zu Oma um. Was sollte ich nun sagen? Gab es noch Fragen? Ja, auf der einen Seite gab es noch tausende Fragen, und auf der anderen schienen sich alle selbst zu beantworten.

Während ich noch an einem passenden Beginn für ein neues Gespräch herumstudierte, hatte sich Oma bereits weggedreht, irgendetwas von „neuem, anderem Album" gemurmelt, etwas aus einem der

Wandschränke gezogen und streckte mir nun ein neues mit dem Computer gestaltetes Buch entgegen.

„Dies habe ich vor zwei Monaten gemacht", erzählte sie mir, während ich etwas überrascht auf den Deckel starrte. „Es beinhaltet alle Ereignisse meines Lebens von 1975 bis 2001." Sie setzte sich ans Kopfende des Tisches und gab mir mit einem auffordernden Blick zu verstehen, dass ich das Album öffnen sollte.

1975 bis 2001. Dies war die Zeit nach der Flucht, die Zeit ihres Lebens in der Schweiz. Gespannt blätterte ich die Seiten behutsam um.

Als erstes strahlten mir lachende Gesichter der jungen Familie Lebeda am Strand ihrer Italienferien entgegen. Auf den Bildern war ein kleiner, blonder Junge mit krausem Haar und mit nur einer Badehose bekleidet zu sehen, wie er am Ufer des Mittelmeeres stand und keck in die Kamera grinste. Auf den nächsten Bildern sah man seine braungebrannte Schwester in einem hübschen Bikini, wie sie elegant vor der Kamera posierte. Ihre braunen Haare fielen ihr über die Schultern und ein Pony bedeckte ihre Stirn.

Man sah Oma, wie sie lachend auf einem Liegestuhl lag, ihre Beine übereinandergelegt und die Hände im Schoss gefaltet.

„Opa ist ja so braun wie einer aus dem Süden", rutschte es mir bei der nächsten Fotografie aus dem Mund. Verblüfft starrte ich auf das Foto, welches Opa ebenfalls am Strand mit Badehose zeigte, wie er die Hände in die Hüften gestemmt hatte und stolz in die Kamera lächelte. Seine Haut war so braun wie dunkle Schokolade und er konnte glatt für einen Einheimischen durchgehen.

Oma lachte: „Ja, der Opa war immer sehr braun. Im Sommer natürlich noch mehr als im Winter." „Dies hat Paps wohl von ihm, denn auch er ist im Sommer immer schön gebräunt", antwortete ich ihr eifrig. „Ja, das ist gut möglich", nickte sie und fügte lächelnd hinzu: „Dein Papa ist sowieso genau wie der Opa. Schon als kleines Kind hat er immer bei Reparaturen am Auto geholfen und seine Hände waren genau so geschickt wie die seines Vaters."

„Und später hat er ja selbst seine Mofas zusammengebastelt, nicht wahr?", fragte ich zurück. Oma nickte erneut: „Genau. Stana war

immer der Meinung, dass man wissen müsse, wie das Fahrzeug, das man fährt, auch funktioniert. Er unterstützte seine Kinder immer beim Zusammenbau und der Reparatur ihrer Mofas und Autos, jedoch kaufte er ihnen nie ein fabrikneues."
„Ja, das macht auch Sinn", fand ich und widmete mich wieder dem Album.

Auf den nächsten Seiten war zum ersten Mal Stanley, mein ältester Cousin, und auch Jasmin und Carmen, meine Stiefschwestern, zu sehen. Nach den Fotos der Heirat ihrer Eltern folgten Bilder ihrer Geburt und der Taufe.
Den kleinen Stanley, der genau solche blonden Locken hatte als Junge wie Paps, fand ich zum Anbeissen, und auch die Zwillinge waren zwei hübsche kleine Mädchen. Während die eine genauso aussah wie ihre Mutter, glich die andere verstärkt ihrem Vater, unserem Vater.
Auch mit ihren ersten Enkelkindern gingen Oma und Opa immer nach Italien in die Ferien, wie die nächsten Bilder zeigten. Jedes Jahr war jeweils eine Woche Stanley und zwei Wochen die Zwillinge bei ihnen auf dem Campingplatz und genossen die elternfreie Zeit.
Die Mädchen trugen blumige Sommerkleider und strahlten immer zu zweit breit grinsend in die Kamera.
„Schau, Michelle", Oma zeigte auf ein Foto, auf dem beide dasselbe T-Shirt trugen. Es war weiss und auf der Brust tanzte Minnie Maus.
„Diese Shirts haben wir ihnen aus dem Disneyland von Amerika mitgenommen und sie wollten nur noch dieses anziehen. Ihre Mutter hat ihnen so viele schöne Kleider eingepackt, aber ich musste jeden Abend die T-Shirts waschen, damit sie sie am nächsten Tag wieder anziehen konnten."
Ich musste lachen und Oma lachte mit mir und nickte dabei eifrig, um ihre Worte zu bekräftigen, damit man ihrer Erzählung auch wirklich Glauben schenkte.
Einige Seiten später, die Zwillinge und auch Stanley waren schon um einiges gewachsen und mein Vater hatte sich bereits von seiner ersten Frau getrennt, war zum ersten Mal meine Mutter zu sehen. Sie war

sehr hübsch, hatte lange gelockte Haare, eine schmale Taille, die sie auch heute noch genauso besitzt und auch ihr Gesicht war damals schon so schmal wie heute. Auf jedem der Bilder hatte sie ein fröhliches Lächeln auf dem Gesicht und auch Paps machte einen stolzen und glücklichen Eindruck.

Ich blätterte weiter und erkannte mich sofort auf dem nächsten Foto. Diesen kleinen Wurm mit der roten Nase kannte ich nur zu gut. Stets lächelnd lag ich abwechselnd in den Armen verschiedener Familienmitglieder, wobei einige der Bilder von meiner Taufe stammten.

Eigentlich sollte eine Taufe ja ein schöner Anlass sein, da ein neues Leben in die Gemeinschaft aufgenommen wird. Mich stimmten meine Taufbilder jedoch immer auch traurig, weil ich wusste, dass dies die letzten Bilder meines Opas waren. Kurz nach meiner Taufe, am 27. Oktober 2000 war er nämlich an seiner Krankheit verstorben. Vor allem jetzt, in dieser Zeit, in der ich mich intensiver mit all dem befasste, brachten die Bilder in mir schon wieder meine Emotionen und Gefühle komplett durcheinander.

Opa warf in mir noch immer die meisten Fragen auf. Wie war er gewesen? Wie wäre er heute? Was würde er mit uns Enkelkindern unternehmen? Wie ähnlich wäre er seinem Sohn, meinem Vater? Wie wären Oma und er als verheiratetes Ehepaar heute?

Tausend Fragen schossen mir beim Betrachten der Bilder durch den Kopf. Oma sass noch immer neben mir, am Ende des Tisches, doch ich getraute mich nicht, sie anzusehen. Durfte ich ihr solche Fragen überhaupt stellen? Wie nahe ging ihr der Tod ihres Ehemannes noch?

Grübelnd starrte ich weiter die Bilder meiner Taufe an und wäre meine Neugierde nicht grösser gewesen als die Vernunft, hätten die Fotos nun wohl Löcher gehabt.

„Oma...?", begann ich und zwang mich, von den Fotos aufzusehen und ihr in die Augen zu schauen. Sie erwiderte meinen Blick und mir schien, als wüsste sie bereits, welche Fragen nun auf sie zukommen würden. Ihre blauen Augen waren noch immer leuchtend, sahen mich jedoch sanft und wehmütig an.

„Wie war das eigentlich damals, als es mit Opa bergab ging?", fragte ich in leisem und unsicherem Ton.

Oma sah mich an, atmete einmal tief ein und aus, bevor sie mir antwortete:

„ Als Opa den Hirnschlag erlitt, war dies für alle ein Schock. Er musste alles neu erlernen; essen, laufen, auch die Sprache war nicht mehr dieselbe wie früher. Die Leute verstanden ihn nicht richtig und dies verunsicherte ihn, so dass er sich immer mehr zurückzog.

Was ihm jedoch am meisten zu schaffen machte, war, dass die Feinmotorik in seinen Händen auf einmal fehlte. Er konnte nichts mehr handwerklich tun, dabei war er eigentlich so begabt und konnte doch immer alles reparieren."

Oma schaute mich traurig an und ich merkte, wie mir die Tränen in die Augen stiegen. Schnell schaute ich weg und hoffte, sie würde es nicht bemerken. Doch ihr Blick war in die Ferne gerichtet, als sie weiter erzählte:

„Am Tag, als der Opa starb, kam ein Anruf aus dem Spital, dass es mit ihm wohl bald zu Ende gehen würde. Ich rief sofort Risa und Zorka an, und wir alle fuhren zu ihm nach St.Gallen. Es war, als hätte er auf uns gewartet, damit er sich noch einmal richtig von seiner Familie verabschieden konnte. Wir sassen alle drei an seinem Bett, als er seine Augen für immer schloss."

Mit diesem Satz beendete sie die Erzählung und ging in die Küche. Ich glaubte, auch in ihren Augen Tränen gesehen zu haben, jedoch war ich zu sehr damit beschäftigt, meine eigenen zu verbergen. Daher war ich froh, wenn wir uns gerade nicht ansehen mussten, damit ich das Erfahrene erst einmal verdauen konnte.

Es musste grausam für sie gewesen sein, die Person zu verlieren, mit der sie dreiundvierzig Jahre verheiratet gewesen war. Sie waren immer zusammen, hatten alle Abenteuer zu zweit erlebt und die guten und schlechten Zeiten gemeinsam gemeistert.

Ich erinnerte mich an die Textpassage ihres Buches, die genau das Gleiche beinhaltete, was Oma mir gerade erzählt hatte. Als ich das

Ende damals las, waren meine Augen reinste Quellen und Bäche von Tränen, die mir über das Gesicht strömten.

Obwohl es erneut wehtat, und mich beinahe wieder komplett aus der Fassung zu werfen schien, war es dennoch gut, die Geschichte noch einmal gehört zu haben, denn man lernte, besser damit umgehen zu können. Ich dachte, dass auch Oma mit der Zeit gelernt hatte damit umzugehen und ich erinnerte mich, dass sie selbst geschrieben hatte, dass ihr ihre Familie und ihre Freunde Halt gegeben und dafür gesorgt hatten, dass sie sich nie alleine fühlen musste. Sie hatte damals viel mit meiner Schwester und mir unternommen, und es stimmte mich glücklich, dass auch ich einen kleinen Beitrag dazu leisten konnte, dass sie sich geliebt und geborgen fühlen konnte.

Mit diesem letzten Gedanken schob ich diese traurigen Dinge auf die Seite, denn Oma stellte den leckeren tschechischen Auflauf auf den Tisch und wir begannen in einem ganz belanglosen Mittagsgespräch unsere Mahlzeit zu uns zu nehmen. Es war unglaublich lecker und ein willkommener Abschluss nach einem so emotionalen Morgen.

Ich weiss nun jedoch, dass der Morgen mir definitiv viel gebracht hatte, und ich war richtig froh, dass ich die Alben mit Oma durchsehen konnte, denn nicht nur die Bilder hatten neue Erkenntnisse gebracht, sondern vor allem auch die Gespräche, die Oma und ich dazu geführt hatten.
Jedes Bild war eine weitere Verknüpfung, das dazu beitrug, dass die Geschichte in meinem Kopf immer lebendiger wurde, und auch jeder Satz, den wir beide ausgetauscht hatten, trug dazu bei, all dies besser verstehen und verarbeiten zu können.
Jedoch legte sich auch wieder dieser Schatten in Form von Schuldgefühlen über mich. Opa auf den Fotos gesehen zu haben, wie er in die Kamera lächelte, stolz, selbstbewusst und voller Energie, sorgte für ein Stechen in meinem Herzen. Wie gerne hätte ich ihn in echt vor mir gesehen, wie gerne wäre auch ich mit ihm und Oma nach Italien in die Ferien gefahren oder hätte weitere Ausflüge mit ihnen gemeinsam als

Grosseltern unternommen. Ich wünschte mir, miterleben zu können, wie die Beziehung zwischen ihm und Paps wäre. Was hätte er alles vom Prager Frühling zu berichten gehabt? Wie hatte er die Situation damals erlebt?

Ich wünschte mir, in Prag noch mehr von ihm von Oma selbst in Erfahrung zu bringen. Natürlich würde er dadurch nicht wieder lebendig, jedoch konnte ich ihm und somit auch Oma dadurch näher kommen.

Trotz dieses dicken Klosses, der noch immer in meinem Hals steckte und mich betrübte, wenn ich daran dachte, fühlte ich mich durch diesen Morgen unglaublich bereichert und war auch sehr stolz, nun wirklich schon viel mehr über meine Vergangenheit in Erfahrung gebracht zu haben und ein Teil dieser Geschichte sein zu dürfen.

Die Reise nach Prag war nicht mehr weit entfernt, und ich freute mich sehr darauf, denn ich erhoffte mir nicht nur mehr von Opa, sondern auch noch viele weitere Geschichten zu erfahren und noch mehr Verknüpfungen machen zu können.

Was ich jedoch am meisten hoffte, war, eine fantastische Zeit mit der besten Oma der Welt verbringen zu können, an die wir beide noch oft zurückdenken und uns über das gemeinsam Erlebte freuen konnten.

Prag

Ich schien beinahe zu fliegen. Meine Haare schwebten im Wind, mein Körper bewegte sich geschmeidig zu den Galoppsprüngen meines Pferdes, das mit mir über das Kornfeld hinwegfegte.

Ich strahlte vor Glück und mein Brauner wieherte mir freudig zu. Die Musik, die im Hintergrund spielte und die Szene passend umrahmte, beflügelte uns zusätzlich.

Viel zu schnell näherten wir uns dem Hof, und ich musste meinen geliebten Freund ziehen lassen. Niemand auf dem Hof wusste, dass ich eine Freundschaft mit einem Wildpferd ...

Moment mal. Warum spielte die Musik noch immer im Hintergrund? Es hatte doch längst einen Szenenwechsel gegeben...

Ich öffnete die Augen. Hier war weit und breit kein Hof und auch den Braunen fand ich in meinem Schlafzimmer nirgends. Gut, auf meiner Bettdecke befanden sich Pferde, aber die waren nun so gar nicht lebendig und galoppierten auch nicht.

Die Musik spielte noch immer und ich merkte, dass es sich dabei um meinen Wecker handelte, der sehr unbeirrt eine Melodie von sich gab. Blödes Teil, warum hast du mich nur aus diesem schönen Traum geholt und erst noch so früh? Es war zwar Donnerstagmorgen, aber ich war mir zu hundert Prozent sicher, dass wir Auffahrt, also Feiertag und somit frei hatten.

Nach kurzem Nachgrübeln traf mich die Erkenntnis jedoch wie ein Schlag.

Es war Auffahrt!

Es war der 10. Mai 2018!

Es war der erste Tag meiner Reise nach Prag!

Wie vom Blitz getroffen hüpfte ich aus meinem Bett. Ich war auf einmal hellwach. Meine Mutter war es auch schon, da sie zum einen aus Solidarität und zum anderen um sich zu vergewissern, dass ich nicht verschlafe und auch nichts vergesse, aufgestanden war.

Ich machte mir Frühstück. Ein leckeres Müsli mit Quark, Haferflocken, vermengt mit einer zerkleinerten Nektarine, ein paar Nüssen und Schokobrocken als „Topping" oben drauf.

Dazu gab es einen Kaffee und mein magnesiumhaltiges Wasser.

Nach dem Frühstück sprang ich kurz unter die Dusche, zog mich anschliessend an und machte mich im Badezimmer reisefertig. Je näher der Minutenzeiger auf acht Uhr vorrückte, desto kribbeliger fühlte ich mich und desto flauer fühlte sich mein Magen an.

Angst vor der Reise hatte ich nicht. Ich war schon immer aufgeregt vor Dingen, auf die ich mich freute und die mir etwas bedeuteten.

Ich fragte mich, was ich denn die ganze Zeit mit meiner Oma bereden sollte. Eigentlich eine dumme Frage, denn sie war ja meine Oma, und vor ihr brauchte ich mich ja nicht zu genieren. Ich konnte mit ihr alles bequatschen. Dennoch beschäftigte sie mich, da es das erste Mal war, dass ich so lange mit ihr alleine irgendwohin ging. Ansonsten war immer noch zumindest meine Schwester mit von der Partie.

Ich erhielt keine richtige Antwort von mir selbst auf die Frage. Deshalb beschloss ich, nicht weiter darüber nachzudenken.

Ich war bereit, nun alles zu erfahren. Bereit, keine Fragen mehr unbeantwortet zu lassen, nachzuhaken, tiefer zu forschen als je zuvor, und mir alles in echt anzusehen. Anders gesagt war ich willens, eine unvergessliche Zeit während dieser fünf Tage mit meiner Grossmutter in der tschechischen Hauptstadt Prag zu verbringen.

Es klingelte an der Tür und Oma kündigte sich an. Pünktlich wie immer. Meine Mutter wünschte mir Glück und wir verabschiedeten uns. Ich verstaute mein Gepäck in den Kofferraum des kleinen, roten Mazda meiner Oma und stieg zu ihr ins Auto.

Dann fuhren wir los. Zuerst auf die Autobahn nach St. Gallen, dann in Richtung St. Margrethen, verliessen die Schweiz über die Grenze bei Bregenz und fuhren in Richtung München.

Ich denke, nun wird jedem klar sein, dass wir mit dem Auto nach Prag fuhren. Oma fuhr, ich sass als Beifahrerin daneben und schlief die meiste Zeit. Etwa sieben Stunden waren wir insgesamt unterwegs, und um das Ganze noch zu krönen, obwohl ich die Sache schon so unglaublich genug finde, feierte meine Oma in diesem Sommer ihren achtzigsten Geburtstag.

Wie bereits erwähnt, verschlief ich den grössten Teil der Fahrt, und als ich wieder aufwachte, waren wir schon über der Grenze.
Es war kein allzu schöner Morgen an diesem Donnerstag und das Wetter verschlechterte sich, je weiter wir nach Osten fuhren. An einer Raststätte, an der Oma die Vignette für die tschechische Autobahn kaufen musste, goss es schliesslich aus Kübeln.
Der Regen trübte unsere Stimmung jedoch nicht. Wir waren voller Freude und konnten es kaum erwarten, in Prag anzukommen.
Die Fahrt ging weiter. Auf unserer Reise machten wir diverse Stopps, die vor allem dazu dienten, kurz auf die Toilette zu gehen. Dies kam mir sehr gelegen. Ich gehöre nämlich zu den Leuten, die täglich sehr viel trinken und folglich auch viel aufs Klo müssen. Gut, dass es meiner Oma da gleich ging, so war das gegenseitige Verständnis für den einen oder anderen Toilettenhalt von Anfang an vorhanden.
Wenn ich gerade nicht vor mich hin döste, blickte ich aus dem Fenster auf die Landschaft, die an mir mit 130 km/h vorbeizog.
Das tschechische Land erstreckte sich beidseits von der mit Büschen und Sträuchern gesäumten Strasse. Die Landschaft war weit, eben und riesige Felder und noch grössere Waldflächen taten sich vor uns auf. Ab und an tauchte eine Ortschaft auf.

Als wir uns der tschechischen Hauptstadt näherten, tauchten immer öfter grosse Bildschirme am Strassenrand auf, die irgendeine Werbung präsentierten.
Wir nahmen die nächste Ausfahrt und kamen an einen grossen Rastplatz, auf dem es ein Restaurant der berühmten Fast Food Kette KFC (Kentucky Fried Chicken) gab.
Den KFC gibt es in Tschechien an jeder Ecke und er ist bekannt für seine spezielle Form des Frittierens, die Hähnchen so äusserst knusprig werden lässt.

Oma liebte die „Chicken Wings" und deshalb beschlossen wir, uns dort erst einmal zu verpflegen. Es war bereits nach zwei Uhr mittags und mein Magen protestierte schon eine ganze Weile. Da ich in nächster Zeit nicht wieder einen KFC betreten würde, gönnte ich mir einen Burger mit Pommes. Er war äusserst lecker und auch mein Magen schien nach der Mahlzeit wieder zufrieden zu sein, denn er gab keine auffälligen Geräusche mehr von sich.

Wir setzten unsere Reise fort. Die wilde und unberührte Landschaft wurde mehr und mehr von Industriegegenden abgelöst, was ohne Zweifel ein Zeichen dafür war, dass Prag nicht mehr weit sein konnte. Der Regen hatte inzwischen aufgehört und in einigen Lücken der Wolkendecke zeigten sich erste Sonnenstrahlen.

Und dann kamen wir in Prag an.
Wir folgten den Strassenschildern, die uns ins Zentrum führten, bogen nach links und nach rechts ab und schienen uns um hundertachtzig Grad zu drehen. Es gab immer wieder Einbahnstrassen, Unmengen von Kreuzungen, Lichtsignalen und irgendwann standen wir dann vor unserem Hotel. Ich hätte keine Chance gehabt, den Weg wieder zurück zu fahren, da ich in dem Chaos von Strassen und Kreuzungen komplett die Orientierung verloren hatte. Aber Oma wusste genau, wo wir waren und man muss sagen, sie hatte weder ein Navigationsgerät noch eine Strassenkarte dazu gebraucht. Die Karte befand sich in ihrem Kopf und hatte uns sicher ans Ziel geführt.
Unser Hotel war ein aus rotem Backstein gebautes Haus im Stil der Renaissance. Es sah sehr gepflegt aus und lag eingeklemmt zwischen weiteren historischen Gebäuden.
Vier Sterne und ein Stier schmückten das Aushängeschild des Hotels und der Eingang war mit Fahnen unterschiedlicher Länder gesäumt.
Hinter der Glastür des Einganges befand sich sogleich die Réception. Ein eindrucksvolles Wandbild schmückte die linke Wand des Raumes. Vor dem Bild stand die Figur eines Hirten, aus Holz gefertigt, die Wache zu halten schien.

Ging man rechts, trat man weiter in den Raum hinein. Auch an der hinteren, rechten Wand zierte ein Wandbild den Raum. Davor standen kleine Tische in Reih und Glied. An den restlichen Wänden hingen weitere Bilder und diverse alte Spiegel, und auf der Fensterseite waren die Gardienen der Fenster rechts und links zur Seite gebunden und liessen das Tageslicht hinein. Ein altes Klavier machte die Einrichtung des Raumes komplett.

Während Oma noch im Auto wartete, ging ich zielstrebig auf den Mann hinter dem Tresen zu, stellte mich auf Englisch vor und fragte ihn, ob er uns das Tor für den zum Hotel gehörenden Parkplatz hinter dem Hotelgebäude öffnen könne.

Dies tat er sofort, und ich trat wieder ins Freie. Mittlerweile schien die Sonne den Kampf gegen die Wolkendecke gewonnen zu haben und die Temperaturen stiegen merklich an.

Einfahrt und Parkplatz waren sehr eng und erforderten auf jeden Fall einen erfahrenen Fahrer, der sein Fahrzeug beherrschte. Oma war sich dessen jedoch nicht so sicher und befürchtete nach dem Parkieren, dass sie hier nie wieder heil hinauskäme. Ich besänftigte sie jedoch damit, dass dies schon gehen würde. Dort wo man hinein kommt, kommt man auch wieder hinaus. Man musste ja nicht erwähnen, dass dies oft genau nicht der Fall war, aber damit konnten wir uns ja dann befassen, wenn es soweit ist.

Wir hievten unser Gepäck aus dem Wagen und gingen zur Réception. Auch Oma stellte sich vor, natürlich auf Tschechisch und wir bekamen den Schlüssel für unser Zimmer und einige allgemeine Informationen.

Im Gang zwängten wir uns mit unseren Taschen in den kleinen Lift und fuhren in den dritten Stock.

Als wir ins Zimmer eintraten, gefiel es mir auf Anhieb. Es war klein, hatte jedoch alles, was wir beide für diese nächsten paar Tage brauchten und die Einrichtung löste sofort ein Willkommensgefühl in mir aus. Die Betten waren frisch gemacht, das Badezimmer aufgeräumt und die Handtücher säuberlich gefaltet und über der Stange im Bad aufgehängt. Alles war so, wie man es als Gast erwarten durfte.

Unsere erste Unternehmung in der tschechischen Hauptstadt führte uns in den kleinen Supermarkt gleich auf der anderen Strassenseite, um Wasser zu kaufen. Als dies erledigt und das Wasser ins Zimmer gebracht war, unternahmen wir unseren ersten richtigen Ausflug in die Stadt.

Damit gerechnet hatten wir nicht mehr, aber weil wir so gut vorangekommen waren und es erst vier Uhr Nachmittags war, beschlossen wir das Quartier zu erkunden. Genauer gesagt wollte mir Oma zeigen, wo sie aufgewachsen war, denn dieses Haus befand sich nur einige Strassen weiter.

Das Haus stand noch immer so, wie Oma es damals verlassen hatte. Nur die Fachgeschäfte im Erdgeschoss hatten sich geändert. Überquerte man die Kreuzung, gelangte man zu einem kleinen Lokal, in dem Oma für ihren Vater damals immer einen Humpen Bier holte. Sie lief mit dem leeren Glas über die Strasse, liess es sich bis zum Rand auffüllen und eilte damit wieder zurück.

Wir durchstreiften das Quartier weiter, und Oma zeigte mir das Haus, in dem sie selbst geboren wurde, das aber 1945 durch eine Bombe im Krieg zertrümmert und nun wieder neu aufgebaut worden ist. Beim Weitergehen passierten wir einen Wochenmarkt, kamen an ihrer alten Primarschule vorbei, einem schönen, weissen Gebäude mit Verzierungen an den Mauern, vielen Fenstern, verteilt auf vier Stockwerken, einer grossen Uhr zuoberst auf dem Dach und einer schweren, fast schwarzen Holztür, die zum Eintreten einlud.

Allgemein waren die Gebäude der Stadt wunderschön und gut erhalten. Oft waren sie in den Tönen Gelb und Altrosa gehalten und jedes Fenster hatte einen aus Stein gehauenen Sims und eine Fensterbekrönung, die wiederum mit Ornamenten verziert war.

Weitere Strassen abwärts kamen wir an einem Tanzclub vorbei, in dem schon Oma früher getanzt hatte. Sogleich stellte ich mir vor, wie es wohl wäre, selbst darin zu tanzen und die freien Abende mit Freunden dort drin zu verbringen. Richtig toll wäre das. Ich posierte vor dem Eingang und Oma machte mit dem Smartphone ein Bild von mir.

Gleich gegenüber stand ein riesiges, braun-graues Gebäude mit grossen Fenstern und den Worten „Cesky Rozhlas." über dem Eingang.

„Schau, Michelle, das ist das Prager Rundfunkgebäude und hier auf der Strasse standen die Panzer."

„Rundfunkgebäude". In meinem Hirn wurde sofort nach allen Informationen zu diesem eben genannten Stichwort gesucht. Das Rundfunkgebäude des Stadtteils Vinohrady stand damals im Zentrum des Widerstands. Es kam oft zu Ausschreitungen und Konflikten zwischen Besatzern und aufgebrachten Anwohnern, und bei einer Explosion eines Munitionswagens kamen viele Demonstranten ums Leben.

Unglaublich, dass hier Panzer gestanden hatten, wo heute Trams und Autos verkehren.

Als nächstes kamen wir auf den berühmten „Wenzelsplatz" mit dem Nationalmuseum und dem St. Wenzels-Denkmal, das über den Platz wacht.

Auch auf diesem Platz standen 1968 zahlreiche Panzer und eine grosse Masse wütender Bürgerinnen und Bürger demonstrierten damals gegen den Einmarsch.

Natürlich posierte auch ich wie beinahe alle anderen Touristen vor dem Denkmal und grinste breit in die Kamera.

Wir schlenderten weiter über den Platz, der von Bäumen und Bänken gesäumt ist. Hinter ihnen befinden sich unzählige Geschäfte und Restaurants.

Vor einem weiteren Gebäude, das den Namen „Zlatá Husa" trug, was auf Deutsch „goldene Gans" bedeutete, machten wir unseren nächsten Halt. Es war ein Hotel, in dem sich zu Omas Jugendzeit ebenfalls ein Tanzsaal im ersten Stock befunden hatte. In diesem Saal hatten sich Oma und Opa kennengelernt.

Oh, war das romantisch. Meine Gedanken schweiften sofort zu Omas Erzählungen zurück und vermischten sich mit dem soeben Neugesehenen zu einem Film in meinem Kopf. Oma, in einem schönen Kleid und in hohen Schuhen, kam über den „Wenzelsplatz" stolziert und durchschritt noch nichts ahnend zusammen mit ihrer Freundin die Eingangshalle des Hotels „Zlatá Husa", um gleich den Mann ihres Lebens kennenzulernen. Ich schmolz förmlich dahin.

Zum Dahinschmelzen blieb jedoch keine Zeit, da Oma bereits weiter gegangen war.
Auf ihren Vorschlag hin setzten wir uns in ein Lokal und stiessen mit einem Glas Sekt auf die gelungene Anreise und unseren ersten Nachmittag in der tschechischen Hauptstadt an.
Ausserdem planten wir die nächsten Tage ein wenig. Oma hatte vor, morgen vor allem die Stadt selbst mit mir anzusehen. Am Samstag würden wir dann nach Hradec Kralové fahren, die Stadt, in der mein Vater noch gewohnt hatte, und uns auf die Suche nach ihrer ehemaligen „Chata", dem alten Bauernhaus, machen. Der Sonntag würde dann aus dem Besuch der Kalksteinhöhlen und dem Shopping von Essen und Souvenirs für zuhause bestehen. Auf der Einkaufsliste stand da vor allem Rum, denn richtig guten Rum gibt es nur in Tschechien und unser Vorrat zuhause geht zur Neige. Rum und Senf, dies waren die beiden Dinge, die Oma immer in die Schweiz bringen musste, wenn sie wieder einmal in ihrem Heimatland war.

Wir gingen weiter.
Ich machte Fotos von mir noch unbekannten oder speziell auffallenden Geschäften, wie zum Beispiel dem Captain Candy Shop, der so viele Süssigkeiten in seinen Räumlichkeiten enthielt, dass es mir nur schon von dessen Anblick schlecht wurde. Auch ein typischer Touristenshop, der echtes tschechisches Glas und Unmengen von T-Shirts, Pullovern, Aschenbechern, Gläsern, Tassen und allem, was man sich sonst noch vorstellen konnte, verkaufte, wurde von mir abgeblitzt.
Vor allem die wunderschönen Gebäude, in denen alle diese kleinen Läden steckten, taten es mir an. Sie waren so wunderbar erhalten und restauriert worden und verliehen der Stadt eine Schönheit, die kaum zu beschreiben ist.

Wir kamen an den Ufern der Moldau an, die sich durch die Stadt schlängelt und sie in zwei Hälften teilt. Am anderen Ufer, etwas erhöht, ragt die Prager Burg über die Stadt. Die Karlsbrücke präsentierte sich auf unserer Rechten.

Hinter uns befand sich ein sehr bekanntes Café, das Stammlokal vieler bekannter Schauspieler, die sich jeweils hier in Prag aufhielten, um das Stadttheater zu besuchten. Wir beschlossen, uns dort eine Pause und ein Getränk zu gönnen.

Das Restaurant, Kavarna Slavia genannt, war schlicht und elegant eingerichtet. Ein roter Teppich säumte den Hauptweg zwischen den hölzernen, runden Tischchen. Ein Pianist spielte entspannten Jazz am Flügel und erweckte eine Stimmung der früheren Zeit in mir. An den Wänden hingen schwarz-weiss Bilder vom ehemaligen Staatspräsidenten und Schriftsteller Václav Havel. Er wurde 1989 nach der „samtenen Revolution" und dem Ende der Normalisierungszeit zum neuen Präsidenten der Tschechoslowakei gewählt und gewann den Wahlkampf gegen Alexander Dubček. Dieser war nach der grausamen Beendung des „Prager Frühlings", der nur durch ihn überhaupt seine volle Blüte erreicht hatte, von seinen Mitpolitikern kaltblütig abgeschoben worden. Jahre später kehrte Dubček noch einmal auf die Politbühne zurück, konnte jedoch mit seiner noch immer sozialistischen Denkweise beim Volk nicht mehr auf Gehör stossen und verlor somit die Wahl zum Staatspräsidenten.

An diesem Nachmittag, genauer gesagt ab vier Uhr, waren wir schon viel unterwegs. Es erstaunte uns selbst, wie viel wir schon an diesem ersten Tag gesehen hatten und was für eine grosse Strecke wir schon gegangen waren.

Am Abend besuchten wir noch ein Stummtheater, das von einer Studentengruppe auf die Beine gestellt worden war und den Tag mit Witz und Charme passend abrundete.

Als wir danach ziemlich spät ins Hotel zurückkehrten, beschlossen wir, uns sogleich hinzulegen, damit wir am nächsten Tag gestärkt zu neuen Entdeckungen aufbrechen konnten.

***

Der nächste Tag begann mit einer Dusche und darauf folgend mit einem leckeren Frühstück im Hotel. Das Buffet hatte ein umfangreiches Angebot und lockte mit warmen wie kalten Speisen. Oma und ich langten herzhaft zu, da wir nichts Grosses zu Mittag und erst abends auswärts etwas typisch Tschechisches essen wollten. Danach brachen wir auf, bereit, alle Sehenswürdigkeiten der Stadt zu besichtigen.

Angefangen hat es allerdings nicht mit einem alten Denkmal oder einem antiken Gebäude, sondern mit einem Fanartikelshop für Filme und Serien. Da ich ein grosser Disney- und Filmfan bin, musste ich darum dort einfach kurz hinein schauen.

Danach widmeten wir uns jedoch den wirklichen Sehenswürdigkeiten, oder nein, noch immer nicht ganz, denn dieses Mal war es Oma, die unbedingt in ein Restaurant mit mir musste. Es war das Café „Obecni dum", das bekannt war für seine hervorragenden, selbstgemachten Torten. Sie sagte, wir müssten einfach ein Stück davon probieren. Natürlich war meine Antwort darauf nicht nein und so bestellten wir uns Kaffee und ein Stück Schokoladentorte. Der ganz spezielle Service des Restaurants sah es vor, dass die Kellner mit einem kleinen Wagen voll ihrer Torten direkt an die Tische der Gäste kamen und ihnen somit ihre volle Auswahl an Torten präsentierten. Ich hatte meine liebe Mühe, ein Stück auszuwählen, da sie alle so vorzüglich ausschauten. Zum Schluss gewann aber wie bereits erwähnt der Schokoladenkuchen.

Er war wunderbar und ich liess mir jeden Bissen auf der Zunge zergehen.

Natürlich liess ich mir nicht nehmen, den Tortenwagen zu fotografieren, da ich das unbedingt zuhause zeigen wollte.

Nach unserer bereits früh gemachten Pause gingen wir weiter. Wir folgten dem Königsweg in Richtung Karlsbrücke. Am Rathaus, das bekannt war für seine astronomische Uhr, machten wir halt und besorgten uns zwei Karten, um den Turm des Gebäudes betreten zu dürfen. Oma nahm den Lift, ich zog es vor, den Turm zu Fuss zu erklimmen.

Oben wartete eine atemberaubende Aussicht auf uns, die den Blick auf die ganze Stadt freigab. Sie war einfach wunderschön, die tschechische Hauptstadt und auch der graue, mit einer dicken Wolkendecke bedeckte Himmel konnte dieses wunderbare Bild nicht trüben.

Die Dächer der Häuser hatten allesamt dieses typische Rot der Ziegelsteine. Dazwischen ragten grüne Kuppeldächer aus Kupfer hervor. Ich fühlte mich in der Zeit zurück versetzt. Wie musste das eine prunkvolle Stadt gewesen sein, als sie ihre Blütezeit hatte. Nur die neuen Wolkenkratzer am Horizont trübten dieses wunderbare Bild, die ich jedoch einfach ausblendete.

Wir folgten weiter dem Königsweg. Es war eine lebendige, jedoch relativ enge Gasse, die immer wieder in einen Platz mündete. Diverse Geschäfte, Geldwechselstuben und Essensbuden befanden sich links und rechts von der mit Pflastersteinen besetzten Strasse.

Schliesslich erreichten wir die Karlsbrücke. Es war bereits Nachmittag und dementsprechend trafen wir auf eine grosse Anzahl Touristen, die sich diese Sehenswürdigkeit ebenfalls nicht entgehen lassen wollten.

Die Brücke war aus massivem Stein gebaut und von christlichen Statuen gesäumt. Es ist strengstens verboten, auf eine der Statuen zu klettern, um ein Foto zu machen. Zwischen den Statuen waren alte Strassenlampen platziert. Die Brücke war ebenfalls gepflastert und Rundbögen führten von einem zum anderen Pfeiler.

Die Sonne schien mittlerweile ziemlich stark vom Himmel und ich hatte in meiner langen Hose schon ganz schön warm.

Auf der Brücke trafen wir auf eine Jazz Band aus New Orleans, wie Oma mich aufklärte. Sie sei schon seit Jahren immer auf der Karlsbrücke anzutreffen und sorgte auch an diesem Nachmittag für gute Musik, so dass die Touristen stehen blieben und ihnen eine Weile zuhörten. Besonders der Mann im violett karierten Hemd mit dem alten Waschbrett, das er als Instrument benutzte, sorgte für Aufmerksamkeit. Mir persönlich gefiel das Saxophonsolo des Mannes mit rotem Poloshirt und grauem Béret auf dem Kopf am besten. Er schien mit der Musik richtig eins zu sein und holte alles aus seinem Instrument heraus.

Nebst den Musikern zeigten auch zahlreiche Künstler ihr Können. An jedem kleinen Stand war die Brücke oder die Prager Burg abgebildet, jedoch immer in einem anderen, dem jeweiligen Künstler entsprechenden Stil.

Wir überquerten die Brücke und schlenderten weiter in Richtung Burg. Die Steigung nahm langsam zu, und da wir auch schon eine ganze Weile unterwegs waren, beschlossen wir im „červeného lva", zu Deutsch „roter Löwe", etwas zu trinken.

Das Wetter war wunderbar an diesem Freitag, und wir setzten uns draussen auf die Terrasse und bestellten uns zwei Bier. Ich muss sagen, ich kam während den Tagen mit Oma in Prag richtig auf den Geschmack von trübem Bier. Es war der perfekte Durstlöscher nach langen Märschen unter der schon sehr starken und warmen Frühsommersonne.

„Oma, jetzt trinken wir ja so richtig tschechisches Bier. Welches sind denn sonst noch typische tschechische Gerichte?", wollte ich wissen.

„In der Tschechei isst man vor allem Mehlspeisen oder Suppen. Das kommt davon, dass man damals gar nicht mehr zur Verfügung hatte. Fleisch war rar und teuer. Deshalb versuchte man, alles zu verwerten und machte mit Brotresten beispielsweise Knödel oder aus altem Gemüse und was man sonst noch vorrätig hatte, üppige Suppen. Kartoffeln und Mehl waren immer genügend vorhanden. Aus diesen Grundnahrungsmitteln entstanden Speisen wie unser Guláš, Svíčková oder Knedlíky", klärte sie mich auf.

„Ich liebe diese Gerichte. Vor allem die dicken Gemüsesaucen zu den Knödeln sind der Wahnsinn. Ich würde allein schon davon satt werden.

„Dies war auch das Ziel dieser dicken Saucen, dass sie satt machten, wenn es von anderen Dingen nicht so viel auf dem Teller hatte."

Der Gedanke an Svíčková liess mir das Wasser im Mund zusammenlaufen. Der Lendenbraten mit Semmelknödel an einer sehr reichhaltigen Gemüsesauce war einfach himmlisch. Ich freute mich schon jetzt wieder auf das Weihnachtessen bei ihr.

„Heute Abend gehen wir in ein Restaurant, wo wir richtig tschechisches Essen bekommen. Ich habe da schon eine Idee, wo wir hingehen könnten. Es wird dir gefallen", schwärmte Oma.

Sie sah mich verschmitzt an und ich merkte gerade, dass Weihnachten schneller vor meiner Tür stand, als ich es je zu erträumen gewagt hätte.

„Au ja, das wäre super toll. Da freu ich mich schon drauf", erwiderte ich schnell und man merkte mir an, dass ich vor Begeisterung wie ein Kleinkind wirkte, das zum ersten Mal Schnee sah. Oma musste lachen und ich grinste frech zurück.

Wir gingen weiter und erklommen den Hügel zur Prager Burg. Oben angekommen, machten wir Bilder der wunderbaren Aussicht und bestaunten noch einmal die Stadt von oben. Es war ein herrlicher Anblick. Ich glaubte, ich hatte mich total in die Stadt verliebt. So viele wunderbare und feine Details waren an den Häusern und auf ihren Dächern zu erkennen, und jedes Haus schien eine komplett andere Geschichte zu erzählen und dennoch in dieses grosse Ganze hineinzupassen. Zwischen den „normalen" Wohnhäusern ragten immer wieder wunderschöne Kuppeldächer von Kirchen und anderen Türmen auf, die den Anblick nur noch märchenhafter machten. Ich erblickte das grosse Kuppeldach des Stadttheaters und den Turm des Rathauses, auf dem wir am Morgen bereits waren.

Die Prager Burg und die wunderbare, gotische Kathedrale, dies erkannte ich sofort, strahlten vor Schönheit und ich machte Fotos davon. Es befanden sich einige Menschen auf der Burg, die wie wir die Bauten dieser früheren Epochen bestaunten.

Als wir alles in Ruhe betrachtet hatten, machten wir uns wieder an den Abstieg auf der anderen Seite der Burg. Wir überquerten erneut die Karlsbrücke und beschlossen uns auf einer Bank am Wenzelsplatz ein wenig auszuruhen und die Passanten zu beobachten. Es war bereits später Nachmittag.

Ich liebe es, andere Menschen zu beobachten und ertappe mich nicht selten dabei, wie ich Leute regelrecht anstarre. Umso mehr freute es mich, als mir Oma verriet, dass sie dies auch sehr gerne tut. So sassen wir eine ganze Weile da, ohne gross ein Wort zu wechseln. Sah jemand von uns etwas Auffälliges, machten wir uns gegenseitig darauf aufmerksam und beurteilten die Person, mitsamt ihrer Kleidung und Gangart.

Gerade lief wieder jemand an uns vorbei, der ein ziemlich gewagtes Outfit trug.

„Ich finde, man merkt oft ziemlich gut, woher die Leute stammen, die an einem vorbei gehen", bemerkte Oma. „Schau dort hinten, die junge Familie mit den zwei Kindern. Das sind ganz sicher Tschechen."

Ich schaute hinüber und betrachtete das junge Paar. Beide waren wohl genährt, nicht sehr gross, braunhaarig und hatten ein eher rundliches Gesicht. Ja, das hatte wirklich etwas Tschechisches an sich und mein Blick schweifte weiter auf der Suche nach weiteren solchen runden, tschechischen Gesichtern.

„Schau, und das sind typische deutsche Männer", lachte ich, als ich auf zwei grossgewachsene, blonde Typen zeigte, die etwas weiter weg den Platz überquerten.

„Ja, da hast du wahrscheinlich Recht", antwortete Oma lachend, „die sehen wirklich deutsch aus."

„Und das da", Oma zeigte auf zwei weitere Personen, „das sind wieder Tschechen. Das sieht man einfach, nicht?"

Ich musterte die Beiden. Wieder waren sie eher kräftig gebaut, diesmal aber grösser. Den runden, eher grossen Kopf hatten beide wieder.

„Stimmt es, dass die Tschechen eher zu den gut genährten Menschen gehören?", fragte ich Oma.

„Ja, das stimmt", erwiderte sie schmunzelnd und ihre Augen begannen in die Ferne zu schauen, als würde sie sich an etwas Bestimmtes erinnern:

„Als wir 1989 wieder zurück in die Tschechei reisen durften, wurden wir natürlich sofort von der ganzen Familie eingeladen. Als sie uns dann das erste Mal wieder sahen, waren alle geschockt wie „dünn" ich war. Sie sagten, ich müsste unbedingt mehr essen. Sie kochten solche Mengen, als bestünden wir aus einer ganzen Fussballmannschaft. Ich musste ihnen dann beim nächsten Mal sagen, dass sie bitte weniger kochen sollten, da wir das niemals alles aufessen konnten."

Ich lachte. Arme Oma. Sie und Opa waren ja völlig gemästet worden.

Oma und Opa waren schon immer schlank gewesen, und auch Omas Schwester gehörte zu der Sorte Menschen, die dünn waren. Die anderen Verwandten, die ich kannte aus Tschechien, gehörten eher zur gut genährten Sorte und entsprachen auch sonst dem typisch tschechischen Klischee, so wie ich wohl dem typisch schweizerischen Klischee entspreche. Die Unterschiede zwischen den Bevölkerungen der Länder fand ich äusserst interessant, da man einige Leute wirklich sofort ihrer Heimat zuordnen konnte, wie beispielsweise die beiden jungen Männer einige Augenblicke zuvor.

„Oma, was denkst du, sind die grössten Unterschiede zwischen den Tschechen und uns Schweizern?"

Sie überlegte einen kurzen Moment:

„Ich denke, die Tschechen sind sehr freundlich, genau so wie die Schweizer natürlich, jedoch sind die Tschechen offener, die Schweizer eher zurückhaltend. Die Tschechen sind allerdings nicht so temperamentvoll wie die Slowaken."

„Die Slowaken? Sind die temperamentvoller?"

„Ja, die sind schon ein wenig wilder als wir", schmunzelte Oma und ich musste lachen. Das hätte ich jetzt auch nicht gedacht, aber in diesem Fall war das wohl so.

Nach einem Moment des Schweigens und Nachdenkens sagte ich:

„Ich finde es toll, dass ich nicht nur schweizerisches Blut in mir habe, Oma. Ein bisschen tschechisches Temperament zu haben tut gut."

„Das auf jeden Fall. Ausländische Wurzeln zu haben ist wirklich gut. Darauf kannst du stolz sein."

Wir lächelten uns an und ich antwortete:

„Das bin ich."

Wir wendeten den Blick wieder dem Platz zu und beobachteten weiter die Leute. Viele waren jung und in kleinen Gruppen unterwegs. Mädchen mit vollen Tüten schlenderten über die Steinplatten und verschwanden in einer der unzähligen Boutiken. Es gab viele junge Männer, die wohl wegen des günstigen Biers und der Möglichkeit, ein wildes Wochenende zu verbringen, in die tschechische Hauptstadt gekommen waren.

Viele der Passanten hielten ausserdem irgendetwas Essbares in den Händen und kauten genüsslich, während sie durch die Gassen liefen. Ein richtig kulinarischer „Renner" bei den Touristen war der Trdlník. Es ist ein Gebäck, das die Form einer Rolle hat und auf einer Art Teigrolle aus Holz im Ofen goldbraun gebacken wird. Die fertige Rolle wird dann aussen mit Zimt, Schokolade, Sesam oder anderen Dingen bestreut und kann mit Eis und Sahne gefüllt werden. Eine richtige Kalorienbombe, die hier jedoch absolut der Hit zu sein schien.

Natürlich sah man auch in Prag jede menge Dönerläden und die Fastfood-Riesen MacDonalds, Burger King, Subway und selbstverständlich KFC waren an jeder Ecke anzutreffen.

Neidisch auf die Leute, die etwas aus den Schnellimbissen verdrückten, war ich jedoch keineswegs, denn ich wusste, dass ich am Abend richtig tschechisch essen würde und darauf freute ich mich tierisch.

„Schau mal, die junge Dame da drüben", Oma holte mich aus meinen Gedanken rund ums Essen.

„Solche Schuhe und Hosen waren schon in den 90er Jahren im Trend gewesen."

„Wirklich?" Mein Blick schweifte zu dem Mädchen, das ungefähr in meinem Alter war und eine weite Faltenhose sowie Lederschnürschuhe trug. Ihre braunen, langen, gestreckten Haare waren zu einem Pferdeschwanz gebunden und auf ihrer Nase thronte eine grosse, goldene Pilotenbrille. Auf dem Rücken trug sie einen kleinen, beigefarbenen Rucksack und in der Hand hielt sie eine Zigarette. Sie sah aus, als wäre sie einer anderen Epoche entsprungen.

Oma nickte eifrig:

„Ja. Genau solche Kleider haben wir damals auch getragen. Woher sie die wohl hat?"

„Das kann gut sein. Heute tragen das wieder alle. Das ist total in", antwortete ich ihr.

„Ganz viele Dinge aus dieser Zeit kommen wieder in Mode und die Kinder wühlen in den Schränken ihrer Eltern nach alten Sachen, die nun wieder aufgekommen sind."

„Ach wirklich? Das ist ja lustig. Schon eindrücklich, wie sich die Mode wandelt", sagte Oma.

„Ja, das ist so. Ich besitze auch ein Hemd von Paps, das er selbst nicht mehr trägt und ich jetzt oft anhabe und super finde." Oma sah mich an, wendete dann ihren Blick wieder ab und schaute dem Mädchen nach, das nun in eine angrenzende Gasse einbog.

„Ich weiss noch", begann Oma, „als ich noch jung war, da hatte ich immer hohe Schuhe an. Ich konnte Stunden in ihnen herumgehen. Damals war das überhaupt gar kein Problem."

„Oh, das könnte ich gar nicht", erwiderte ich sofort. „Heute ist das aber auch gar nicht mehr so angesagt. Fast alle Mädchen tragen flache Sneakers."

„Ja, das stimmt. Heute sieht man nicht mehr viele Frauen in Absatz-schuhen herumgehen."

„Bei einem speziellen Anlass, da tragen sie zwar die meisten noch, aber bei den jungen Mädchen sieht man dies fast nicht mehr."

„Eigentlich schade", fand Oma und sah mich an, „ich finde hochhackige Schuhe etwa sehr Elegantes."

„Ja, das stimmt, aber sie sind leider auch wirklich unpraktisch. Ich würde wirklich nicht den ganzen Tag in solchen Dingern herumstolzie-ren wollen."

Ich sah mich selbst, wie ich zuhause völlig unbeholfen über den Schulhof humpeln und inständig hoffen würde, meine Füsse endlich von ihren Qualen befreien zu können. Eine absurde Vorstellung.

„Da hast du auch Recht", nickte Oma, „und du brauchst solche hohen Schuhe auch gar nicht, du bist ja so schon gross", sie schmunzelte und ich musste lachen:

„Ja, das stimmt. Sonst wäre ich noch viel grösser als du."

Wir schauten noch eine Weile schweigend dem Geschehen auf der Strasse zu, danach machten wir uns auf den Weg zu Omas kulinarischem Geheimtipp.

Das Restaurant, in das sie mich führte, trug den Namen „u glaubicu". Es war sehr ursprünglich und traditionell eingerichtet und vermittelte das Gefühl einer richtigen Kneipe. Der Raum glich einer Art Weinkeller. Die Decke war gewölbt und an einigen Stellen waren noch die nackten Steine anstatt der weissen Farbe, die sonst Decke und Wand bedeckte, zu sehen. Die Tische und Bänke waren aus dunklem, massivem Holz gefertigt und verliehen dem Raum eine mittelalterliche Note.

Das Restaurant war an diesem Abend gut gefüllt und wir setzten uns in den hinteren Teil des Lokals. Die Speisekarte war sehr umfangreich und in mehreren Sprachen aufgelegt. Nach langem Studieren, Abwägen und Ausschliessen entschied ich mich schliesslich für die Ente mit Knödel und Rotkraut. Oma bestellte Rindstartar mit Knoblauchbrot, eine ihrer Lieblingsspeisen. Ich staunte nicht schlecht, als alle Zutaten des Tartars zwar auf dem servierten Teller, aber noch gar nicht mit dem Rindfleisch vermischt waren. Omas Teller sah wie eine Farbpalette aus. Lauter kleine Kleckse, bestehend aus Salz, Pfeffer, Paprika Senf, Ketchup und Zwiebeln waren fein säuberlich um das Tartar, auf dem ein rohes Ei thronte, verteilt. Auch den Knoblauch rieb Oma noch selbst auf ihre beiden Toasts. Sie liebte es, ihr Tartar selbst zuzubereiten. Der Vorteil dieser Serviervariante bestand auf jeden Fall darin, dass jeder Gast soviel der bereitgestellten Zutaten dem Fleisch hinzugeben konnte, wie er wollte. Jeder hatte schlussendlich eine ganz eigene Rezeptur seines Tartars und konnte es so haben, wie er es am liebsten mochte.

Omas Variante stellte sich als sehr köstlich heraus, und sie hatte richtig Freude an ihrem Essen, die ich übrigens an meinem Gericht auch hatte. Die Ente war ausgezeichnet, das Rotkraut süss und frisch und die

Knödel harmonierten herrlich mit der Sauce. Nebst den Semmelknödeln waren auch Kartoffelknödel auf dem Teller, die ich an diesem Abend zum ersten Mal probierte, die mir aber sofort schmeckten. Wir liessen uns richtig viel Zeit beim Essen, genossen jeden Bissen und auch jeden Schluck unseres dunklen, kühlen Bieres, das wir selbstverständlich wieder bestellt hatten.

Wir sassen nach dem Essen noch eine ganze Weile im Restaurant und quatschten über dies und das. Oma fragte mich, wie ich Prag bis jetzt gefunden hätte und wie mir ihre Heimatstadt im Allgemeinen gefiel.

„Sie ist wunderschön", schwärme ich, „Ich liebe sie mit ihren vielen schönen Gassen und alten Gebäuden. Einfach eine wunderbare Stadt."

„Das freut mich, wenn's dir gefällt", antwortete Oma lächelnd.

„Der Königsweg, diese engen, gepflasterten Gassen gefallen mir sehr, und auch die Prager Burg mit ihrer Aussicht war wunderschön. Und natürlich darf man die Karlsbrücke nicht vergessen. Oder das „obecni dum" mit seinen gigantisch leckeren Torten. Dieses Schokoladentortenstück war so lecker. Und der Wenzelsplatz. Der Wenzelsplatz gefällt mir auch sehr gut. So viele Läden und Boutiken, einfach perfekt, um zu shoppen."

Oma lachte herzlich. Meine Begeisterung war mir reichlich anzumerken und erst die Erkenntnis, dass ich auch wieder einmal Luft holen könnte, brachte meinen Redefluss zum Stocken.

„Ja, wir haben wirklich alle schönen Plätze besucht heute. Wir haben sehr viel gesehen und sind sehr weit herumgekommen. Dies hätte ich mir gar nicht erhofft."

„Wir sind eben noch jung und fit. Darum sind wir heute so weit gekommen", verkündete ich mit Stolz und Oma antwortete mit einem weiteren Lachen.

„Ja, das stimmt. Das sind wir wirklich, wenn wir es heute so weit geschafft haben", nickte sie, „dafür spüre ich nun die Müdigkeit. Heute Nacht werde ich auf jeden Fall gut schlafen."

„Oh ja, ich auch. Ich bin auch ziemlich kaputt", bestätigte ich.

Wir schwiegen einen Moment und ich dachte noch ein wenig über das Erlebte des Tages nach. In einer Stadt zu leben wäre schon etwas

Tolles. Alles wäre vorhanden. Man konnte am Morgen aus dem Haus und käme zu Fuss, mit dem Fahrrad oder dem Tram überall hin. Ausserdem wäre das kulturelle Angebot riesig und es wäre ausgeschlossen, dass einmal gar nichts liefe. Auf der anderen Seite herrschte hier kaum Ruhe, man wäre nie für sich alleine und alles wäre so gross, anonym und unpersönlich.

Trotzdem würde es mich einmal reizen, ein wenig Stadtluft zu schnuppern, da ich bis anhin nur die reine Luft des Landes kannte und mir daher noch keine richtige Meinung zu den beiden Lebensräumen bilden konnte.

Oma konnte dies. Sie wurde in einer Grossstadt geboren, verbrachte dort einen grossen Teil ihres Lebens, bevor sie zunächst in eine kleinere Stadt und dann sogar in ein kleines Schweizer Dorf zog.

„Oma, hast du das Stadtleben in der Schweiz nie vermisst?"

„Nein. Ich war zwar als Stadtkind geboren und liebte es, meine Jugend in Prag zu verbringen. Lange konnte ich mir auch gar nicht vorstellen, jemals aus Prag wegzuziehen. Doch die Umstände hatten sich geändert und wir waren im ersten Moment froh, überhaupt eine Unterkunft zu haben in der Schweiz. Dies war dann halt einfach in Bettwiesen, das später nicht mehr nur unser Wohnort war, sondern zu einer neuen Heimat wurde."

Ich nickte. Das leuchtete ein. Ich würde mir wohl auch kaum Gedanken um eine Wohnung in einer Stadt machen, wenn ich gerade als Flüchtling mit einem kaputten Auto und zwei Kindern die Grenze eines fremden Landes überquert und um Asyl gebeten hätte.

„Und ausserdem sind wir ja viel in die Ferien nach Italien oder sonst wohin. Das heisst, wir haben Bettwiesen auch ab und zu wieder verlassen. Als die Grenzen 1989 in die Tschechei wieder offen waren, haben wir natürlich auch unsere Familie wieder besucht."

Ich erinnerte mich an diese Zeilen in ihrer Geschichte, in denen sie von der Wiederbegegnung mit ihren Verwandten und Freunden erzählte, jedoch gleichzeitig immer betont hatte, dass sie als Familie nicht wieder zurück in die alte Heimat wollten, da die Schweiz nun ihre neue Heimat geworden war. Mir kam auch in den Sinn, dass sie, noch nicht lange in der Schweiz, schon bald nach Italien gefahren waren. Italien war damals das Reiseziel Nummer eins der Tschechoslowaken. Noch viele Jahre später fuhren Oma und Opa noch mit dem Wohnwagen zu unseren südlichen Nachbarn. Dies war aber bei weitem nicht das einzige Land geblieben, das von meinen Grosseltern besucht worden war. Oma bereiste schon unzählige Länder und war schon auf beinah jedem Kontinent. Sie und Opa liebten es, zu reisen, die Welt zu entdecken. Sie sagte, dass sie das Gefühl hatten, nun alles nachholen und entdecken zu müssen, was sie in den Jahren des Kommunismus verpasst hatten. Sie wollten die Welt sehen, wollten frei sein, dorthin gehen, wo sie wollten.

„Reisen ist wunderbar, Michelle. Du solltest es auch tun. Die Welt ist wunderbar und es gibt so viele wunderschöne Orte auf ihr zu entdecken. Man erlebt beim Reisen viele Abenteuer, wächst an Schwierigkeiten und lernt sich selbst noch einmal ganz neu kennen. Mache es, und mache es, solange du noch jung bist, denn es ist es wert."

***

Am nächsten Tag besuchten wir Hradec Kralové, die Stadt, in der Paps seine erste Kindheit verbracht hatte. Sie liegt östlich von Prag und ist nicht ganz so gross wie die tschechische Hauptstadt.
Auf dem Weg nach Hradec steht noch immer das alte Haus, in dem Oma und Opa zu Beginn ihrer Ehe gewohnt hatten. Wir machten dort einen kleinen Halt. Früher befand sich das kleine Einfamilienhäuschen, beinahe alleinstehend, am äusseren Rande von Prag. Heute ist die Stadt so weit gewachsen, dass es mittendrin steht.
Vieles, das rote, eiserne Tor, die Garage, die Opa selbst dazu gebaut hatte, die Fassade und auch das Wasserloch, das damals von der kleinen Zora unerlaubt besucht worden war, waren noch genau so vorzufinden. Das Haus war bewohnt und Wäsche flatterte am

Geländer des kleinen Balkons. Wir machten einige Fotos, Oma zeigte mir, welche Gebäude früher in diesem Quartier noch nicht gestanden hatten. Ausser ihrem Haus und den beiden Nachbarhäusern waren es wirklich nicht viele gewesen. Dann stiegen wir wieder ins Auto und fuhren weiter.

Wir erreichten Hradec in rund einer Stunde.

Die vielen Einfamilienhäuser am Rande der Stadt säumten die Strasse links und rechts und verliehen ihr einen dörflichen Touch.

Das Zentrum warb mit alten, schön sanierten Häusern, die an jene von Prag erinnerten. Ein grosser Platz bildete die Mitte. Es war einiges an Sanierungsarbeit getan worden, denn als Oma das letzte Mal hier war, habe es noch ganz anders ausgesehen, sagte sie. Die einstigen Strassen waren zu hübsch gemachten Fussgängerzonen umgewandelt worden, die mit Sitzbänken und zahlreichem Grün lockten. Auch auf den grossen Plätzen gab es rund um die Denkmäler, Brunnen oder Gärten viele Sitzmöglichkeiten, die jeweils die Mitte des Platzes zierten. Oma gefiel der Wandel der Stadt sehr. Unter den Kommunisten hatte all dies hier ganz anders ausgesehen. Auch die Häuser hatten sich verändert. Es war viel saniert und restauriert worden, damit die Häuser wieder in neuem Glanz erstrahlen konnten.

„Während dem Kommunismus war hier einiges anders", erzählte Oma mir, „viele der Denkmäler waren ausgetauscht oder weggenommen worden. Strassen und Plätze wurden um- und nach kommunistischen Machthabern benannt. Es gab damals viel Randale und Verwüstungen an den Statuen der Kommunisten.

Danach hat man jedoch alles wieder abgebaut und die Strassen wieder nach alten tschechischen Königen oder Volkshelden benannt."

Oma zeigte mir ihre damalige Wohnung, die sich im ersten Stock eines Hauses, das zwischen anderen Häusern in einer kleinen Seitenstrasse stand, befand. Die Wohnung hatte als einzige einen Erker, der wunderbar aussah. Das Haus war im Stil der Renaissance gebaut und die Fassade war reichlich mit Ornamenten verziert.

Nur eine Strasse weiter befand sich Opas ehemaliger Arbeitsort und nicht allzu weit davon entfernt das Musikgeschäft, in dem Oma gearbeitet hatte. Auch die Schule der Kinder war zu Fuss zu erreichen sowie ihr Tanzlokal, in dem sie jede Woche zusammen tanzen waren. Ihre Wohnung war wunderbar gelegen und ich stellte mir vor, wie Oma damals die Kinder zur Schule gebracht, danach zur Arbeit gegangen und sie am späteren Nachmittag wieder abgeholt hatte. An einer Kreuzung hatte sich die damalige Metzgerei befunden, in der es das wöchentliche Fleisch zu kaufen gab. Oma zeigte mir auch noch das alte Delikatessengeschäft, in dem sie an Weihnachten jeweils stundenlang für Orangen, Nüsse oder Plätzchen angestanden hatte.

Die Häuser standen noch alle und waren wunderbar saniert worden. In den untersten Geschossen befanden sich nun jedoch ganz andere Geschäfte als damals.

Mir gefiel Hradec Kralové sehr. Die Stadt war überschaubar und Modernes wie Altes ergänzten sich harmonisch. Sie hatte einen schönen Kern und wirkte im Gegensatz zu Prag beinahe ein wenig verschlafen. Das wunderbare Wetter, das uns an diesem Tag Sonne und sommerlich warme Temperaturen brachte, unterstütze das schöne Bild natürlich.

Auch Oma gefielen die Stadt und die zentrale Lage, die ihre Wohnung damals hatte. Auch die Wohnung war wunderbar. Sie war gut isoliert, hatte eine richtige Heizung, helle Zimmer mit hohen Decken. Doch richtig zuhause konnte sie sich hier dennoch nie fühlen. Es war einfach nicht Prag.

Nachdem wir uns eine ganze Weile mit der Suche nach einer geeigneten Eisdiele beschäftigt hatten, stärkten wir uns schliesslich mit einem selbst zubereiteten, leckeren Frozen Joghurt. Danach verliessen wir die Stadt und fuhren weiter ostwärts.

Unser Ziel war es, die „Chata" zu finden.

Ihr damaliges Ferienhaus, das heisst der alte Bauernhof, den Opa gekauft hatte, war nicht all zu weit von Hradec entfernt. Jedoch wusste Oma nicht mehr genau, wo sich das Anwesen befand. Sie konnte sich noch daran erinnern, dass sie von der Teerstrasse in einen Feldweg einbiegen mussten, der zwischen Wald und Feld lag. Nach einigen Kurven waren dann immer Bäume aufgetaucht unter denen sich die „Chata" befunden hatte.

Diesen Anweisungen folgend bogen wir jedoch trotzdem viele Male falsch ab, landeten auf verlassenen Kieswegen, die im Nichts endeten oder in kleinen Quartieren, die fast immer eine Sackgasse waren.

Ich war mir die ganze Zeit sicher, dass wir die „Chata" schon noch finden würden, daran zweifelte ich keinen Moment. Später erfuhr ich, dass es Oma ganz anders ging. Sie hatte sich zu einem Zeitpunkt schon damit abgefunden, dass wir ohne das Haus zu finden zum Hotel zurückfahren würden. Gerade als wir uns auf einem falschen Kiesweg befanden, der zwischen zwei Feldern hindurch führte und Oma den ganzen Weg rückwärts zurück fahren musste, um wieder auf die geteerte Strasse zu gelangen, brauchte es alle meine Energie, um sie bei Laune zu behalten. Oma konnte sehr gut Auto fahren, dies stand ausser Zweifel, jedoch fuhr sie immer vorwärts und nicht rückwärts. Es dauerte eine ganze Weile, bis sie den Dreh raus hatte und das Auto mit feinen Bewegungen und ohne im Feld zu landen, lenken konnte.

Gerade fuhren wir an einer Strasse entlang, als Oma seufzte:

„Gut, Michelle. Wir versuchen noch einen Weg, und wenn das wieder nichts ist, dann kehren wir um und fahren zurück, okay?" In ihrer Stimme schwang ein kleiner Hauch von Enttäuschung mit. Sie gab sich Mühe, sich nichts anmerken zu lassen, ich merkte dennoch, wie sehr sie sich auf die „Chata" gefreut hätte und wie schade sie es fand, sie nicht gefunden zu haben.

Ich stimmte ihrem Vorschlag zu und wir fuhren langsam weiter.

„Weisst du", murmelte sie, während sie auf die Strasse schaute, „wenn ich dir jetzt sagen müsste, wo der Feldweg wäre, der zu unserem Haus führte, gäbe es einen dort vorne, bei diesen Bäumen. Genau so stellte ich mir immer vor, müsste es ausgesehen haben."

„Ja, dann fahren wir doch hin und schauen nach, ob sich dort ein solcher Weg befindet", schlug ich enthusiastisch vor. Innerlich hoffte ich mit aller Kraft, dass sich dort ein Weg befand, der links weg und der

Baumgruppe entlang ginge. Ich ertappte mich, wie ich uns selbst die Daumen drückte und drückte sie darauf noch fester, und tatsächlich befand sich an der Stelle, auf die Oma gezeigt hatte, ein schmaler Feldweg, der zwischen Feld und Wald lag und hinter einer Rechtskurve verschwand.

Oma hielt auf der Strasse an und starrte den Weg entlang.

„Sollen, wir jetzt da wirklich entlang fahren?", fragte sie verunsichert.

„Ja, sicher, warum nicht. Du hast doch selbst gesagt, dass hier der Weg sein müsste. Voilà, da ist er", drängte ich sie.

„Gut, also los."

Der Weg führte eine Anhöhe hinauf und bog bald nach links ab, weg vom Wald. Oma fuhr sehr vorsichtig, da sie sich immer noch unsicher war und ungern wieder rückwärts zurück fahren wollte. Für mich gab es jedoch kein Rückwärts. Ich wusste innerlich, dass dies der richtige Weg sein musste. Einige Meter weiter erblickten wir auf einmal eine Baumreihe und eine Stromleitung, die zwischen den hölzernen Riesen an einem rotbraunen Dach befestigt war. Oma fuhr noch weiter, bis wir das ganze Haus erblickten, dann rief sie laut:

„Michelle, ich glaube, das ist es. Ich glaube wirklich, das könnte die „Chata" sein!"

„Das wäre wunderbar, Oma", rief ich genau so begeistert zurück.

„Komm lass uns ganz hinfahren und uns vergewissern, dass dies auch wirklich euer Ferienhaus ist."

Wir bogen in das Grundstück ein. Ein alter Mann bediente hinter dem Haus einen Rasenmäher, das Haus schien bewohnt zu sein.

Als wir ausstiegen, war sich Oma zu hundert Prozent sicher, dass dies ihre „Chata", ihre „na pustine" war. Sie konnte es kaum glauben. Sofort lief sie um das Gebäude herum, bestaunte es von allen Seiten, schüttelte immer wieder ungläubig den Kopf und kümmerte sich nicht um die ältere Frau, die ihre Arbeit niedergelegt hatte und auf ihren unerwarteten Besuch zukam.

Oma stellte sich sofort vor und erklärte auf Tschechisch, aus welchen Gründen wir hier waren und dass sie die früheren Besitzer dieses

Anwesens gewesen seien. Das ältere Paar war sehr freundlich und die Dame zeigte uns beiden das ganze Haus. Oma war sprachlos, das Gebäude wiedergefunden zu haben und es noch einmal ansehen zu können.

Vieles sah noch genau so aus wie damals. Im Haus war es sehr kalt, und es roch nach richtig alten und gebrauchten Möbeln.

Oma und die alte Dame sprachen aufgeregt miteinander, während sie uns durch die Zimmer führte. Es war wunderbar, Oma so erleichtert und glücklich zu erleben. Ich glaube, ihr bedeutete dieses Haus sehr viel, da es für sie auch Erinnerungen an gemeinsame Zeiten mit Mann und Kindern waren. Sie erklärte mir alles, was sie damals selbst ausgebaut und renoviert hatten und grosser Stolz schwang dabei in ihrer Stimme mit.

Nachdem wir uns das ganze Haus in Ruhe angesehen hatten, lud uns das freundliche Paar noch zu einer Tasse Kaffee und Kuchen ein, was wir natürlich nicht ablehnten.

Es war ein gelungener Abschluss eines weiteren sehr bereichernden Tages, der nicht nur mir, sondern auch Oma sehr viel gebracht hatte und uns erfreute.

Auch am Abend, wir gingen in einem kleinen Restaurant in der Nähe des Hotels essen, konnte sie es noch immer nicht fassen, die „Chata" wirklich noch einmal selbst gefunden und von innen gesehen zu haben.

„Dies hat mich nun wirklich unheimlich gefreut, Michelle. Das kannst du dir gar nicht vorstellen."

Nein, Oma, dies konnte ich wirklich nicht, aber es bereitete mir Freude, sie so fröhlich und zufrieden zu sehen an diesem Abend.

$$***$$

Es war bereits Sonntag und somit unser letzter Tag, bevor wir wieder die Reise zurück in die Schweiz antreten mussten.

Heute stand der Besuch der Kalksteinhöhlen in der Nähe von Prag auf dem Programm. Dies hatte nichts mit meinen Wurzeln oder der Vergangenheit meiner Familie zu tun, doch Oma fand, dass dies auf jeden Fall einen Besuch wert war und mit dazu gehörte.

Nach einem erneuten, sehr leckeren Frühstück machten wir uns mit dem Auto in Richtung der Höhlen auf. Hatte ich schon erwähnt, dass Oma fast ohne Probleme schon am Tag zuvor und nun auch an diesem Morgen aus dem Hotelparkplatz gekommen war? Sie verriet mir, dass sie unheimlich nervös und gestresst wegen dieser schwierigen Aufgabe gewesen war, doch beide Male kam sie ohne Schaden aus dem Parkplatz heraus. „Gut gemacht, Oma, bravo."

Es war ein weiterer, wunderschöner Tag in Tschechien und die Temperaturen hatten schon angenehme Grad Celsius erreicht. Bei den Höhlen stellte sich heraus, dass ich die einzige nicht einheimische Besucherin war, die an der Führung teilnahm. Um auch einigermassen den Erläuterungen der Dame, die die Führung leitete, folgen zu können, bekam ich eine deutsche Übersetzung auf Papier, die in etwa dem entsprach, was sie selbst der Gruppe erläuterte. Der Rundgang in den Höhlen dauerte etwa eine Stunde und war eine interessante Erfahrung. In der Höhle war es dunkel und ziemlich kalt, doch diverse Scheinwerfer gaben den Blick auf majestätische Tropfsteine frei. Ich schoss einige Fotos und las fleissig die Übersetzung mit. Ziemlich schnell fand ich jeweils heraus, bei welchem Abschnitt die Dame gerade war, und was sie in etwa erzählte. Ich versuchte einige Dinge zu übersetzen und war wieder einmal fasziniert von der tschechischen Sprache.

Der Rundgang in den Höhlen war nicht gerade kurz, doch Oma konnte wunderbar mithalten. Sie erklomm sogar ohne weitere Probleme die vierundachtzig Stufen der eisernen Treppe, die uns eine Plattform höher brachte. Ich war ziemlich stolz auf meine Grossmutter, die mit Abstand die älteste Besucherin war.

Nach dem Höhlenbesuch schauten wir beim grossen Einkaufszentrum „Globus" vorbei, um dort alle Geschenke für Zuhause zu besorgen. Der

Laden war riesig, doch Oma wusste genau, wo was zu finden war, denn sie kaufte da schon einige Male zuvor ein.

Es war erst kurz nach Mittag und deshalb beschlossen wir, die Einkäufe ins Hotel zu bringen, das Auto abzustellen und noch einmal mit der Metro in die Innenstadt zu fahren. Auf dem Wenzelsplatz schlenderten wir an den unzähligen Restaurants vorbei und begutachteten die Karten. Unser Ziel war es, das beste Restaurant für unser Abschlussessen zu finden, bevor es am nächsten Tag wieder nach Hause ging. Noch immer hatte ich keine Svíčková gehabt, daher gingen wir bei unserer Restaurantsuche sehr systematisch und nach dem Ausschlussverfahren vor.

Schliesslich fanden wir ein Lokal, das die Spezialität erstens auf seiner Speisekarte vorweisen konnte und zweitens auch allgemein sehr einladend wirkte. Wir merkten uns den Ort und zogen noch ein wenig weiter. Ich wollte noch weitere Geschenke nach Hause bringen. Deshalb besuchten wir einen der Touristenshops.

In meinem Hinterkopf wusste ich, dass dies unser letzter Tag in Prag und somit auch der letzte Tag war, um noch mehr Fragen beantworten zu können. Ich wollte den Gedanken ans Zurückkreisen noch gar nicht wahrhaben, und deshalb versuchte ich, ihn so bewusst wie möglich zu verdrängen. Trotzdem waren dies die letzten Augenblicke, noch Antworten zu finden. Doch wann war der passende Zeitpunkt, meine Fragen zu stellen? Gab es diesen Augenblick überhaupt?

Historische Fragen hatte ich kaum mehr. Die waren längst beantwortet und in meinem Kopf verankert. Ausserdem könnte ich die auch jederzeit noch im Internet recherchieren. Was mich interessierte, waren persönliche Fragen, Fragen zu Oma, zu ihren Ansichten und ihrer Meinung und vor allem weitere Fragen zu Opa.

Während der ganzen vier Tage liess mir der Gedanke an ihn keine Ruhe und die Tatsache, dass wir uns hier in seiner Heimatstadt befanden, machte die Sache noch komplizierter. So sehr ich den Aufenthalt genoss und alles Neue, das ich in Erfahrung gebracht hatte mit Freude in mir aufnahm, war dies ein Schatten, der noch immer über mir zu liegen schien. Der Kloss bildete sich wieder, Schuldgefühle und

Traurigkeit machten sich in mir breit. Ich kämpfte lange mit dem Gedanken, dieses Gespräch erst gar nicht zu beginnen.

Was, wenn Oma nicht darüber reden wollte?

Was, wenn ihr meine Fragen zu viel wären?

Was, wenn ich ihre Antworten nicht ertragen konnte?

Doch ich wusste, trotz all der Hemmung, die meine Kehle lange Zeit zuschnürte, konnte ich nicht weiteres in Erfahrung bringen, wenn ich nicht nachfragen und nachhaken würde.

Ich müsste mich mit dem Gedanken abfinden, das über meinen Grossvater zu wissen, was ich bis jetzt in Erfahrung gebracht hatte und dies war mir definitiv zu wenig. Ich wollte wissen, wie er gewesen war, wie Oma ihn gekannt hatte, wie sie als Ehefrau von ihm erzählte. Meine eigenen Vorstellungen waren nicht genug, ich wollte die Wahrheit wissen.

In einem netten Café, ein weiterer Geheimtipp von Oma, fasste ich schliesslich den Mut. Das Café war bei den Einheimischen bekannt für seine selbstgemachten, leckeren belegten Brötchen. Oma schwärmte im Voraus regelrecht davon, denn sie liebte die belegten Brötchen mit Kartoffelsalat, Lachs, Thon, Ei oder Schinken. Sie selbst machte sie auch manchmal, wenn wir bei ihr zu Besuch waren, und sie schmeckten wirklich vorzüglich.

Als wir unser Essen und ein Gläschen Weisswein vor uns hatten, wusste ich, dass dies nun der passende Moment war. Nachdem ich einen weiteren Bissen meines Brötchens, es war wirklich ausgezeichnet, genommen hatte, fragte ich Oma:

„Oma, wie war der Opa eigentlich?"

Die Frage stand einen Moment im Raum, ohne dass eine Antwort kam. Ich begann mir schon Vorwürfe zu machen, wie dumm es von mir gewesen war, so eine unpräzise und schwere Frage zu stellen. Da öffnete Oma den Mund und antwortete:

„Opa war ein sehr begabter Mensch", sagte sie.

„Du kannst ihn gut mit deinem Vater vergleichen. Er hatte genau so geschickte Hände wie er. Dein Opa war bekannt dafür, dass er alles reparieren konnte."

Ich nickte stumm. Oma hatte dies schon in ihrer Geschichte erwähnt, und dass es für ihn damals sehr schwer gewesen war zu akzeptieren, dass er nach seinem Schlaganfall die Geschicklichkeit und Feinfühligkeit in den Händen verloren hatte.

Nach einem kleinen Moment des Schweigens erzählte mir Oma noch mehr von ihm, und ich stellte vorsichtig weitere Fragen.

Ich spürte, wie sie sich noch an alles von ihm erinnern konnte, als wäre es erst gestern gewesen. Wieder daran zu denken bereitete mir Mühe, und ich war äusserst darauf bedacht, behutsam zu sein.

„Was denkst du, hätte er mit uns unternommen, wenn er noch leben würde? War er auch so ein aktiver Mensch wie du, Oma?"

„Oh ja, euer Opa war für alles zu haben. Wir wären gemeinsam nach Italien gefahren, so wie wir es mit Stanley und den Zwillingen gemacht hatten."

Sie erzählte mir, dass er sehr unternehmungs- und reisefreudig war, genau wie sie selbst. Sie hätten gemeinsam das Disneyland besucht, waren in Miami und durchquerten mit dem Auto weiter die Staaten.

Omas Stimme erklang leise beim Sprechen. Immer wieder machte sie Pausen und schaute auf die Gasse und den Leuten hinterher, die ihr entlang auf und ab gingen. Ich tat es ihr gleich. Das Gespräch strengte uns an, trieb uns beiden wieder die Tränen in die Augen und war alles andere als leicht zu führen.

Ich spürte jedoch auch, wie gut es uns beiden tat, darüber zu sprechen. Nun konnte ich mir Opa ganz genau vorstellen. Er war nicht nur ein Name, den man kannte, ein Bild, das man vor sich sah. Nein, er war auch für mich eine Persönlichkeit geworden. Auch ich konnte mir nun eine Vorstellung von diesem wunderbaren Menschen, der unsere Welt viel zu früh verlassen musste und ein viel grösseres Loch zurückliess, als ich je geahnt hätte, machen. Das Loch war nun auch in mir da, doch dies stimmte mich nicht noch trauriger. Es gehörte nun zu mir, so wie es zu den anderen der Familie gehörte, die Opa gekannt hatten. Ich war froh, ihn nun richtig vermissen und vor mir sehen zu können, fast so, als hätte ich ihn selbst gekannt. Der Kloss in mir begann zu verschwinden und die Schuldgefühle wichen normaler Traurigkeit, aber auch Erleichterung, die sich in mir breit machte. Deshalb war die Träne, die sich nun definitiv von meinem Auge löste, ich hatte es aufgegeben, sie verdecken zu wollen, eine Träne, die es wert war, vergossen und nicht versteckt zu werden. Es war eine Träne, die zum Verlust einer geliebten Person geweint wurde und mich danach besser fühlen liess.

So wie ich gemerkt hatte, dass nun der Zeitpunkt gekommen war, meine Fragen zu stellen, merkte ich auch, dass es nun richtig war, nicht weiter fortzufahren.

Wir schwiegen lange, liessen uns Zeit, beobachteten das rege Treiben auf der Strasse, bevor jemand von uns wieder das Wort ergriff.

Es war Oma und sie schlug vor, doch in den kleinen Park zu gehen, der sich gleich auf der anderen Seite der Karlsbrücke befand. Mir gefiel die Idee, da wir so noch einige Schritte tun und uns auf andere Gedanken bringen konnten und ich auch noch einmal das Vergnügen hatte, die bekannte Karlsbrücke zu überqueren.

Im Park machte ich einige Fotos von der Moldau und Oma blitzte auch mich einige Male ab. Danach setzten wir uns auf eine Bank und genossen das schöne Wetter dieses Nachmittags und die Ruhe, die der Park ausstrahlte.

Oma atmete ein und sagte:

„Weisst du, was mich am meisten freut an dieser Reise?"

„Nein", ich sah sie erwartungsvoll an.

„Dass ich sie mit dir machen durfte, Michelle. Dass es mir immer noch so gut geht, damit ich einen solchen mehrtägigen Ausflug mit meiner Enkelin machen kann", erzählt sie und nach einer kleinen Pause fügte sie hinzu:

„Es war mir eine grosse Ehre, dir meine Stadt zeigen zu können, und es erfüllt mich mit sehr viel Stolz, dass du mehr über deine Wurzeln herausfinden wolltest und dich so für deine Vergangenheit, unsere Vergangenheit, interessierst."

Ich nickte, unfähig gleich eine Antwort auf ihre Aussage zu geben. Dies hatte ich nicht erwartet. Wollte sie wirklich darauf hinaus, dass sie vielleicht bald zu alt und somit nicht mehr in der Lage wäre, solche Dinge zu tun? Darüber darf sie doch nicht nachdenken. Darüber hatte ich nie nachgedacht. Für mich stand nie ausser Frage, dass so etwas für sie nicht möglich wäre. Die erschreckende Erkenntnis, dass sie sich bereits in hohem Alter befand und jederzeit einen gesundheitlichen Rückschlag oder gar ..., darüber wollte ich gar nicht nachdenken, liess mir für einen Moment den Atem stocken, und ich spürte, wie meine Augen schon wieder zu brennen begannen. Dies durfte einfach noch nicht passieren. Ich wüsste nicht, wie ich reagieren würde, wenn es tatsächlich eintraf.

Oma sass neben mir und schaute auf den Fluss hinaus, der breit und ruhig vor uns lag.

„Ich hatte wirklich vier wunderbare Tage mit dir hier, Michelle, und es war schön, wieder einmal meine Stadt, mein altes Haus, die Schule, die Wohnung in Hradec und vor allem die „Chata" zu sehen. Dies war wirklich ein Highlight. Ich hätte wirklich nicht geglaubt, dass wir sie noch finden würden, doch du hast mich ermutigt und zusammen hatten wir es tatsächlich noch geschafft." Sie lächelte mich sanft an und ich lächelte zurück.

Ich schluckte, zwang mich, fröhlich zu sein und sagte:

„Es war wirklich eine unglaubliche Reise mit dir, Oma, und dafür möchte ich dir danken. Danke, dass du mit mir mitgekommen bist und mir alles gezeigt hast. Das war wirklich super."

Oma lächelte geschmeichelt und erwiderte, dass dies doch selbstverständlich war und es ihr wie schon gesagt eine grosse Ehre gewesen wäre, mir einen Blick in ihre Vergangenheit zu gewähren.

Sie spürte, wie nahe mir ihre Worte gingen, deshalb fragte sie, was mir denn an Prag am besten gefallen hatte, um mich auf andere Gedanken zu bringen. So tauschten wir uns darüber aus, was die schönsten Sehenswürdigkeiten dieser schon an sich wunderschönen Stadt waren.

Am Abend genossen wir ein vorzügliches Essen in unserem ausgesuchten Restaurant. Die Bedienung war äusserst freundlich, das Bier erfrischend und kühl und auch unsere Speisen mundeten uns.

Ich konnte mir keinen besseren Abschluss vorstellen und nach diesem wirklich emotionalen Tag war das Tischgespräch ausgelassen und entspannt. Wir lachten viel und genossen die letzten gemeinsamen

Stunden in der tschechischen Hauptstadt. Ich erinnerte mich daran, wie ich mir zu Beginn unserer Reise noch Sorgen gemacht hatte, worüber ich denn mit meiner Oma reden konnte. Nun wusste ich, dass diese Sorgen völlig überflüssig gewesen waren. Mit Oma ging mir das Gespräch so gut wie nie aus, und wenn doch, dann war auch einfach schweigend neben ihr zu sitzen ein wunderbares Gefühl. Sie neben mir zu haben, zu wissen, dass sie da war, reichte mir vollkommen aus. Jedes Gespräch wie auch jedes Schweigen waren so viel wert und hatten sich tief in mein Hirn gebrannt, um nie mehr vergessen zu werden.

Diese Reise war so viel mehr als nur das Sammeln von Informationen, so viel mehr als nur der Besuch einer grossen Stadt, die ein Teil meiner Familiengeschichte war und ist.

Diese Reise war eine Reise, die mich vor allem persönlich sehr viel weiter gebracht hatte. Sie brachte mich näher zu meiner Oma, meinem Opa und vor allem auch zu mir selbst.

Danke, Oma, dass du mich begleitet und mir die Türen zu deiner Heimatstadt, deiner Vergangenheit, aber auch zu deinem Herzen geöffnet hast. Dies werde ich nie mehr vergessen.

Epilog

„Du kommst aus der Tschechei? Das habe ich ja gar nicht gewusst."
„Ja, meine Grosseltern sind zusammen mit meinem Vater und seiner Schwester in die Schweiz geflüchtet."
„Geflüchtet? Warum das denn?"
„Wegen des „Prager Frühlings", also genauer gesagt aufgrund seiner blutigen Beendung."
„Ah, ja. Okay. Was ist da schon wieder genau passiert?"
„Dies ist eine längere Geschichte, aber wenn du sie hören möchtest, erzähle ich sie dir gerne."
...

Ja, dies war wirklich eine längere Geschichte, doch nun war ich in der Lage, sie in allen Einzelheiten zu erzählen. Nun durften ruhig weitere Fragen meiner Freunde kommen, denn ich wusste die Antwort darauf. Ich wusste nun ganz genau, was sich damals alles zugetragen hat, wie es zum Prager Frühling gekommen ist, warum er nur so kurz angedauert und ein so plötzliches Ende gefunden hat.
Natürlich beliess ich es bei meinen Erläuterungen jeweils bei den historischen Fakten. Nur selten berichtete ich auch von persönlicheren Dingen, die ich durch meine Forschungen in Erfahrung gebracht habe, denn eigentlich sind all diese Eindrücke, die mich einige Male ganz schön aus der Fassung gebracht, immer wieder für Tränen gesorgt und mich in meinem Innersten sehr berührt haben, für mich selbst bestimmt.
Sie sind mein persönlicher Schatz geworden, den ich zu hüten beschlossen habe und der gut verschlossen in meinem Herzen aufbewahrt ist, um für immer darin erhalten zu bleiben und mir, wann immer ich will, gestattet, mich an die wunderbaren Gespräche, Bilder, Personen und Geschichten meiner Vergangenheit zu erinnern.

Danksagung

Ich möchte mich als erstes bei allen Leuten bedanken, die in meiner Geschichte in irgendeiner Weise vorgekommen sind und mir so bei der Suche nach meinen Wurzeln geholfen haben.

Namentlich erwähnen möchte ich Grossmami und Grosspapi, Alex und Zora, meine Eltern Sonja und Richard, meine Schwester Janine und meine Oma. Danke, dass es euch gibt und ihr jederzeit für mich da seid.

Meinen Eltern danke ich ausserdem dafür, dass sie mich dazu ermuntert haben, diese Geschichte zu schreiben und mir auch während der Arbeit immer zu Seite gestanden sind.

Ausserdem möchte ich René Schenk und meiner Mutter Sonja Lebeda danken, dass sie sich Zeit genommen haben, meine beiden Texte Korrektur zu lesen. Danke vielmals für dieses grosse Engagement.

Mein letzter, jedoch wichtigster Dank gilt nun meiner Oma, Alena Lebeda.

Oma, du hast dein ganzes Leben lang Unglaubliches erlebt und geleistet, und ich möchte dir dafür danken, dass du auch mich nun an deiner Geschichte hast teilhaben lassen und mir mit deiner Unterstützung die Türen zu meiner Vergangenheit so weit geöffnet hast.

Ich danke dir für jedes so wunderbare Gespräch, das wir miteinander führen konnten, jede gemeinsame Zeit, die wir miteinander verbracht haben. Ich möchte dir danken, dass du mir dein Buch „Das war mein Leben", das so persönlich und voller Liebe wie auch Trauer ist, anvertraut hast und dass du auf meine Reise in deine Heimatstadt mitgekommen bist und mir alles gezeigt hast.

Ich weiss, dies hat vermutlich schon manches Enkelkind zu seiner Grossmutter gesagt, aber du bist wirklich die allerbeste Oma der Welt.

Du bist mein Vorbild, mein Idol, ich werde immer zu dir aufschauen.

Danke für alles. Ich liebe dich.

Deine Michelle

Wie bereits zu Beginn erwähnt existiert ein historischer Begleittext, der die damalige politische Situation der Tschechoslowakei, das Ende des Prager Frühlings und die Reaktion der Schweiz auf die Ereignisse aufzeigt.

Interessenten können dieses Dokument als PDF-Datei per EMail unter bod@lebeda.ch anfordern.